우리 인생 정상 영업합니다

끝내기 실책 같은 상황이어도

# 우리인생 정상영업 합니다

쌍딸 지음

RHK
알에이치코리아

**New message**  — ↗ ✕

**프롤로그: 출판사의 출간 제의에 대한 답변**

    먼저 개인 사정으로 인해 답신이 늦은 점에 대해 사과 말씀드립니다. 출판 제의는 난생처음 받아봤습니다. 굉장히 당황스럽고, 그와 동시에 감사한 마음입니다. 세상 사람 열 있으면 일곱은 관심 없고, 둘은 날 싫어하고, 하나는 날 좋아한다던데, 그중에서도 가장 귀한 케이스인 하나를 자청해 주셔서 영광입니다. 첨부해 주신 기획안도 잘 읽었습니다.

너무 당연한 사실이라 말씀드리는 것 자체를 의아해하실 수도 있지만, 저는 타인에게 귀감이 될 만한 유형의 인물이 아닙니다. 저는 경박한 어투와 수명이 짧은 종류의 가벼운 유머를 즐기는 사람입니다. 화가 많고 지기 싫어하는 성미를 가진 탓에 갈등을 종종 일으키는 사람입니다. 그렇다고 사회적으로 큰 성공을 거두었다거나, 희생적이고 고결한 인생을 걸어가는 사람도 아닙니다. 그냥 저는 정말 인터넷, 그것도 트위터라는 이용자 수와 성향이 극히 한정적인 SNS에서 '웃긴 사람'일 뿐입니다. 그것에 어떠한 부정적 생각을 가지고 있지는 않습니다. 제가 제 개인 SNS 계정에서 누차 말했지만, 저는 웃긴다는 말을 가장 좋아하기 때문입니다.

　　그리고 포스타입을 매개로 키보드를 두드리기 시작한 후로부터, '글 잘 쓰는 사람'이라는 이미지도 생기기 시작한 것 같습니다. 처음에는 그날 야구 경기를 리뷰하는 가벼운 글만 올릴 생각이었습니다. 그러다 애초에 내 취미가 글쓰기이고 블로그를 개설했으니, 그 외의 글도 올려도 되겠다는 생각에 '에세이'에 아주 근접한 글까지 게재하게 되었습니다. 사실 많은 분께 제가 감사드려야 할 정도의 피드백을 받았던 에세이류 글들은 저에게 있어서 주류 감성이 아닙니다. 저는 진지해지는 것을, 제가 진지한 사람으로 비치는 것을 잘 견디지 못하기 때문입니다.

그래서 제가 만약에, 아주 만약에 책을 내게 된다면 감동적이거나, 따뜻하거나, 위로가 되거나, 힘이 될 수 있는 컨셉의 책보다는 그저 유머, 해학, 위트, 키치함, 블랙 코미디를 컨셉으로 하는 책을 내면 좋을 것 같다는 생각을 어렴풋하게나마 하고 있었습니다. 앞서 말씀드렸듯이 저는 타인에게 힘이 되고 위로가 되는 사람과 거리가 멀고, 그 거리를 좁힐 수도 없기 때문입니다.


이런 이유로 제 기준에서 꽤 큰 (저도 이 출판사의 책이 있기 때문에…) 출판사에서 출간 제의를 주신 것에 놀랐습니다. 제가 이름을 알고 있는 출판사에서 이런 제의를 받게 된 것, 솔직히 가문의 영광입니다. 동네방네 자랑하고 다녀야 되나 진지하게 고민하고 있습니다.

그러나 그와 동시에 제가 출판사에서 출판하는 책과 어울리는 사람인가? 이에 굉장한 회의감이 들고 있습니다. 정말 솔직하게 말씀드리자면 웃음과 감동 모두를 잡는, 이 시대 청춘들을 위로할 수 있는 메이저한 감성의 글은 자신이 없습니다. 그래서 출판하게 된다면 1인 출판 정도로, 내 돈깨서 자기만족을 위해 소장본 뽑는다 치고 블로그 모음집 같은 거나 내볼까, 그런 생각이나 하고 있었습니다.

횡설수설 말씀드렸지만, 요점을 정리해 보자면. 들뜬 마음에 덜컥 출간 제의를 수락했다가 출판사도, 저도 곤란해지는 상황을 걱정하고 있다는 것이 되겠습니다. 출판사의 성향 또한 중요한 부분이기 때문에, 성향이 맞지 않는다면 양쪽 모두 성에 차지 않는 결과물이 나오게 될까 봐⋯ 하는 염려를 벌써부터 하고 있습니다. 사실 떡 줄 놈은 생각도 않는데 김칫국 마시는 형국인 것 같기는 하지만⋯ 예⋯.

저의 괴랄한 감성을 맞춰주실 의향이 있으시다면, 감사하고 죄송하게도 한 번 힘닿는 데까지 해보겠습니다. 만약 성향과 방향이 맞지 않는다면, 많은 분과 저 자신을 고생시킬 자신이 없기에, 고사하고 일생일대의 영광으로만 남겨야 할 것 같습니다.


다시 한번 감사의 말씀드립니다.


(비하인드: 이거 보내고 나서도 못 믿어서 구글에 출간 제의 사기 이런 거 검색해 봄.)

**쌍딸**
@sospinyourlife

· · ·

화만 내서 웃긴 게 아닐까요? 원래 남의 집 불구경이 제일 재밌다는데, 하물며 아가리에서 불 나는 거 보는 일은 얼마나 재밌겠어요.

> **Q.**
>
> 요즘 유행하는 말이나 밈 같은 걸 안 쓰셔도 어쩜 그렇게 웃기신지 모르겠어요. 어떻게 하면 그렇게 웃겨요? 트윗 보면 화밖에 없는데 왜 웃기지? 제가 노잼 인간인데 비결 좀 알려주세요.

💬          🔁 2,018          ♡ 1,024          ⬆

3장
이쪽저쪽 무한으로

1장

쌍도의 불꽃

쌍도의 불

# 직장인 팟캐스트

## 먹고살기 힘들다

 

알고 보면 사람들 사는 거 다 똑같다. 우리 여사님께서 맨날 나한테 하는 말이다. 그 말을 어렸을 때부터 하도 들어서 그런가, 나도 그게 입에 붙었다. 가만히 살펴보면 사람들 사는 거 다 거기서 거기다. 특히 직장인이 되고 나서부터는 그 말이 더 와닿는 것 같다. 어렸을 때는 쟤랑 나랑 다른 세계에 사는 줄 알았는데, 밥 벌어먹고 나서부터는 그게 아니란 걸 알게 됐다. 친구, 선배, 후배들이 모두 월급쟁이의 삶으로 몸을 던진 지금, 진짜 다들 사는 게 거기서 거기가 된 것 같다.

트위터에 '스페이스'라는 음성 대화가 서비스된 후로 친한 사람들끼리 그걸 여러 번 했다. 처음에는 그냥 퇴근하고 자기 전에 모여서 이런저런 이야기나 하자고 시작했다. 근데 말을 하다 보니까 전부 다 자기 직장 이야기만 떠들고 있었다. 당연히 다 X 같은 얘기들이었다. 듣도 보도 못한 기상천외한 직장인 고난사들이 매일매일 쏟아졌다. 항상 참석하는 고정 멤버 중 누가 빠졌다 싶으면, 그 사람은 야근 중이었다. 그럼 또 다음 날 돼서 얼마나 근사한 회사 욕을 준비해 올까, 기대되는 것이다.

그래서 그 모임 이름은 '직장인 팟캐스트'가 됐다. 사실 글을 쓰며 좀 순화한 거고, 원래는 'X장인 팟캐스트'다. 직장 생활하는 게 X 같은 직장인들이라서 X장인이라고 부른다. 하루는 영화로, 하루는 야구로, 하루는 케이팝으로 주제를 잡아봤자 결국 전부 자기 직장 욕만 실컷 하다가 내일 출근해야 한다고 자러 갔다. 나중에는 아예 '사내 영화 및 야구 및 대중음악 동호회'로 이름을 바꿨다.

하도 직장에서 X 같은 일들이 많이 일어나서, 연말에는 '직장인 팟캐스트 콘테스트'까지 열었다. 이게 뭐냐면, 한 해를 돌아보면서 각자 직장에서 있었던 가장 더러운 사연을 뽑아 출품하는 것이다. 가장 개 같았던 사연을 1등으로 뽑고, 사연의 주인공에게는 위로의 박수가 주어지는 훈훈한 이벤트였다. 그리고 2021 직장인 팟캐스트 콘테스트 1등은 나였다.

별의별 사연이 다 나왔다. 되도 않는 이유로 반차 쓰겠다고 우긴 아직 월차도 없는 신입의 사연, 엑셀 함수 몰라서 수기로 하나하나 계산해서 기입하느라 말도 안 되는 시간을 쏟아부은 후임의 사연, 상대 거래처로 택배 보낸 직원이 발송인을 잘못 설정해서 물건이 9와 4분의 3 승강장 너머로 사라진 사연, 자기 남친한테 집착하느라 다른 부서 일정 따라다니는 직원의 사연, 점심시간 한 시간 동안 고용주랑 목청 높여 싸우던 상사 때문에 점심 먹다 체한 사연, 상 때문에 자리 비웠는데 죽어라 연락하는 클라이언트의 사연,

그 외 등등. 돌이켜 생각해 보니까 이 쟁쟁한 경쟁자들 속에서 내가 어떻게 1등을 했는지 모르겠는데, 만장일치로 내가 1등이 됐다. 축하하지 마세요. 축하할 일 아닙니다.

사실 별 이야기 아니다. 우리 직장에는 개인 컴퓨터가 있고, 공용 컴퓨터도 있다. 정신없는 일이 끝나고 보니까, 공용 컴퓨터 파일 정리가 하나도 안 된 상태였다. 진심 외야 내야 중간에 애매하게 빠진 공에 야수 세 명 우르르 달려들었다가 박치기하고 넘어진 모양으로 아수라장이었다. 각자 필요한 자료가 있으면 개인 컴퓨터에 저장해 두고, 모두에게 필요한 자료가 있으면 공유 폴더에 옮겨 놔야 되잖아요. 근데 염병 그게 안 돼 있었다고.

내가 직급이 주임인지라 다른 직원들에게 이런 일 저런 일 시킬 때가 좀 있다. 근데 친구들이 하도 내가 무슨 말만 하면 화내는 것처럼 들린다길래, 그냥 좋게 말한다고 "공용 컴퓨터 파일 정리가 잘 안 돼 있던데 정리 좀 부탁드립니다. 특히 바탕화면에 있는 자료들 부탁드려요." 그랬다. 나중에 보니까 바탕화면에 사혼의 구슬 조각처럼 흩어져 있던 파일들이 정리가 돼 있었다.

바탕화면 우측 하단에 가지런히 4×6 배열로.

보자마자 욕이 튀어나왔다. 미친 이거 또라이 아니야? 엿 먹이려고 일부러 이러는 거 아니야? 근데 사람을 보니까 일부러 그런 것 같지가 않았다. 그는 이미 PDF 원본 파일이 있는 출력물을 한 장 한 장 정성스레 스캔 뜬 전적이 있는 사람이었다. 그래서 이 깍 깨물고 다시 말했다. 이렇게 말고, 폴더 만들어서 자료 정리를 해주세요. 그 말 하면서 현타라는 게 뭔지 느꼈다.


직장 생활을 하다 보면, 세상은 나의 좁은 상상력으론 감히 측량할 수 없음을 느낀다. 내 창의력을 뛰어넘는 일들이 하루걸러 하나씩 일어나기 때문이다. 그래도 다행이다. 적당히 욕 한 번 하고 실소로 넘길 수 있어서. 이것보다 더 X 같은 일들이 적립되면 웃으면서 못 넘긴다. 책상 정리하고 나오지. 그리고 대부분의 사연이 경험 없는 사회 초년생들이 저지를 만한 실수였다. 근데 나는 입사 첫 달에도 그런 짓 안 했는데. 아무튼 그런 사람들에게서는 80%의 분노와 10%의 어이 출타와 10%의 연민을 느끼게 된다. 내가 처음

입사했을 때도 숨 쉬는 것조차 눈치 보였으니까.

아무튼 먹고사는 거 다 똑같다. 그걸로 위로하고 위로받는 것 같다. 너도 오늘의 돈벌이 개 같았구나? 나도 개 같았는데. 너도 힘내. 나도 힘낼게. 직장인들은 이게 문제다. 힘이 들면 그걸 꾸역꾸역 이겨내려고 한다. 한국인들은 힘이 아무리 들어도 힘을 내리면 안 된다는 원칙이 유전자에 박혀있는 것만 같다. 월급쟁이들은 자기 발목에 족쇄를 차고 있으면서, 자기 족쇄를 끊어내려는 생각은 하지 않고, 그 족쇄를 예쁘게 꾸미려는 생각을 한다. 난 정말 유능하고 그 능력에 합당한 보수를 지급받는 멋진 월급쟁이가 될 테야! 그런 생각으로 족.꾸나 한다. 이른바 족쇄 꾸미기.

남의 돈 벌어 먹고사는 게 어떻게 보면 구차해 보일지는 모르겠지만, 난 가끔 아직도 신기하다. 방학 때 한 달치 일기가 밀려서 개학 하루 전날에 거짓부렁으로 몰아 쓰던 게, 야자 빼먹고 튀다가 걸려서 빠따 맞던 게, 아침 여섯 시까지 술 먹다가 어제 했던 화장 그대로 1교시 강의 들으러 뛰쳐 나가던 게 엊그제 같은데. 내가 어엿한 노동자가 되어 있다니. 어떤 사람은 뭘 그걸 가지고 인생의 대단한 과업을 하나 성취한 것처럼 구냐고 비웃을 수도 있다. 그렇지만 난 충분히 내가 자랑스럽다. 나 4대 보험 가입돼 있고, 매달 적금 꼬박꼬박 붓고, 세금 및 통신 요금 안 밀리고, 번 돈을 내가 좋아하는 사람과 일에 쓸 만큼은 번다. 가끔 기특해서 출근하기 전에 거울 보면서 머리도 쓰다듬어줌.

먹고살기 참 힘들다. 근데 원래 먹고사는 게 제일 힘든 거 아닌가? 그래서 가치 있는 게 인생 아니냐고. 힘들이지 않고 손에 쥘 수 있는 것 중에 가치 있는 거 하나도 못 봤다. 하다못해 철봉 밑 모래 파헤쳐서 주운 동전 몇 개도 그렇다. 직장인 여러분들, 당당해지십시오. 우리는 가치 있는 일을 하며 가치 있는 삶을 살아가는 사람들입니다. 족.꾸하는 우리의 인생은 아름답습니다. 그리고 만약 이 글을 읽고 계신 분 중 아직 취업을 하지 않았거나, 준비하고 있는 분들은 잘 들으세요. 이거 여러분의 미래임. 수고.

**쌍딸**
@sospinyourlife

···

당연히 없죠.
저는 애초에 시도 횟수를 안 셈. 못한 거?
알 바 X.
대신 잘한 건 하나도 안 빼고 꼬옥 셉니
다. 그리고 셀프 칭찬 지리게 갈김.

> **Q.**
>
> 언니 야구선수도 공 열 번 던져서 세 번
> 때리면 잘한 거라고 하는데, 제가 열 번
> 중에 열 번 잘할 필요가 있을까요?

💬        ↻ 1,999        ♡ 710        ⬆

# 쌍도의 딸과 쌍도의 딸

## 부디 강해졌으면

직장에서 막 자리 잡아갈 때쯤, 건강도 좋지 않은데 일이 너무 고됐다. 일이 힘드니까 밥맛이 떨어지고, 밥맛이 떨어지니까 몸이 피곤하고, 몸이 피곤하니까 일이 힘들었다. 애초에 소화 잘되는 내장을 달고 태어난 건 아니지만, 그때는 특히 입에 뭘 넣기만 해도 속이 쓰리고 소화가 되지 않아 밥을 거르기가 일쑤였다. 일이 많아 일찍 출근하는데도 일이 갈무리되지 않았다. 자연스레 하루걸러 야근하는 게 일상이 되었다.

지금이야 야구 중계 띄워놓고 일할 정도의 여유는 생겼지만, 그때는 숨 쉬는 시간을 시급에서 깐다면 그냥 까이고 잠시 숨을 고르고 싶을 정도로 바빴다. 띵까띵까 놀다시피 하며 대강 살다가 직장에 소속되어 일하니까 죽을 맛이었다. 사회 초년생 축에 속하는 나에게는 직장에서 짓는 표정조차 업무의 일부 같았다. 업무에 관한 애로사항을 어디까지 말해야 하는지, 어디까지 말하면 안 되는지 생각하는 것조차 업무처럼 느껴졌다. 노동하는 꼴이 그렇다 보니 느지막이 집에 들어가면 한숨이나 푹푹 쉬다가 저녁 굶고 엎어져 자는 게 루틴이 됐다.

그러다가 처음으로 스트레스받아서 눈물을 다 흘려봤다. 오늘 야구가 어떻게 굴러갔는지도 모르고 알아볼 기력도 나지 않았다. 식탁에 앉아 저녁 대신 비타500을 마시며 그런 생각을 하다가 왈칵 눈물이 났다. 염병, 한국시리즈 우승하는 거 볼 때도 안 울었는데. 육체적으로 한계에 다다르니까 어디 한 군데가 고장이 나는 건 맞는데, 그게 눈물샘일

줄은 몰랐다. 어, 왜 이러지. 이딴 얼빠진 인소 여주 같은 생각이나 처하면서 눈물을 닦다가 결국 질질 짰다.

참담한 생각을 해서 눈물이 난 게 아닌데, 그냥 눈물이 터진 건데, 눈물이 흐르고 나니까 참담한 생각이 나는 게 아주 신기했다. 인과관계가 뒤집힐 수도 있다는 것을 깨달았다. 지금 이 눈물의 뿌리는 어디일까, 찾아가다 보니 결국 일이었다. 행복하자고 돈 버는 건데, 돈 버는 일이 불행해요.

내가 내일 당장 사라져도 별 미련 없는 사람처럼 보이지만, 의외로 인생 계획이 분명한 사람이다. 몇 년 후에 연봉이 내가 생각하는 것만큼 오른다면, 지금 붓고 있는 적금이 만기가 되면, 내 목표를 달성하는 데에 대출을 얼마 정도 낄 수 있다면, 이런 생각들로 굴러가는 게 내 인생이다. 그런데 그날따라 유독 잘 안 굴러가는 것이었다. 그냥 드는 생각이라고는 이 일을 계속할 수 있나? 언제까지 할 수 있지? 당장 때려치우면 얼마 정도 버틸 수 있을까? 이딴 게 다였다. 결국 그런 생각들로 가득 찬, 강민호보다 무거운 대갈빡을 이고 지고 밤늦게 집에 들어와 비타500을 마시고 있으니 눈깔에서 온천수가 터질 수밖에.

우리 여사님은 내가 식탁에서 비타500을 빨다가 뜬금없이 질질 짜는 걸 보고 화를 냈다. 내가 해줄 수 있는 것도 없는데 어쩌라고 울고 있냐. 나는 당장 눈물을 그치고 받아쳤다. 딸내미가 일하고 와서 힘들어서 울면은 위로 정도는 해줄 수 있는 거지, 왜 말을 그런 식으로 하냐. 그렇게 시작돼서 장장 두 시간의 자강두천®이 펼쳐졌다.

솔직히 충격적이었다. 내가 어떤 신성한 모성을 바란 것은 아니었다. 그런 게 있다고 믿지도 않는다. 근데 멘트가 너무 셌다. 누가 나한테 힘들다고 하면 내가 맨 처음 배제하는 워딩이 고스란히 나한테 날아왔다. 그런 말을 우리 엄마가 나한테 할 줄은 몰랐다. 그래서 한참을 싸웠다. 우리가 아무리 무뚝뚝하고 살갑지 못한 모녀지간이라고 해도, 딸한테 할 말은 아니라고 생각했다.

내가 쌍도의 딸이듯, 우리 여사님도 쌍도의 딸이다. 쌍도의 딸이 어떤 속성을 지니고 있냐 하면, 보통 남자를 잘 믿지 않고, 자립심이 강하며, 자존심이 밥 먹여준다고 착각하고, 말이 곱게 나가지 않는다. 그렇게 두 시간을 싸웠다. 진짜 무슨 초등학교 6학년 때 얘기까지 나왔다. 기억력도 좋으신 우리 여사님이 10년도 넘은 일을 꺼내셔서. 그 와중에 나는 기억도 못 해서 진짜 그런 일이 있었다고? 이 지랄을 떨었다.

한참을 싸우다가 갑자기 엄마가 딱 그러더라.

"나는 내 딸이 진짜 대단한 줄 알아."

김동엽 헛스윙에 대갈빡 맞은 줄 알았다. 뭔 소리야 엄마 딸 좆밥이야.

엄마는 말했다. 나는 내 딸이 너무 대단해 보인다고. 근데 그 대단한 딸이 밖에서 상처받아 오면 세상이 무너지는 것 같다고. 내가 이제는 해줄 수 있는 게 없는데. 이제는 초등학교 다닐 때처럼 방학 숙제도 대신해 줄 수 없고, 다리 아프다고 하면 업어줄 수도 없고, 굶는다고 밥숟가락 들고 따라다닐 수도 없고, 누가 괴롭힌다고 쫓아가서 한마디 할 수도 없고, 일 그만두고 놀고먹을 돈 쌓아놨다고 거짓말할 수도 없는데. 지금의 딸은 너무 커버려서, 내가 딸보다 부족해서, 딸의 눈물을 그치게 할 수 없으니 부디 울지 않았으면. 내가 지켜줄 수 없으니, 부디 강해졌으면.

엄마는 어느샌가 울고 있었다. 분명 내가 울어서 시작됐는데, 끝에는 엄마가 울었다. 엄마 우는 걸 얼마 만에 봤지? 임영웅 파이널 무대 때 우는 걸 최근에 보긴 했지만, 나랑 이야기하다가 운 적은 손에 꼽는다. 내가 이제까지 살면서 엄마의 진심을 이토록 절절히 들어본 적이 없었다. 언제나 조금 서운해도, 맞는 말이니까 넘어갔던 모든 차가운 말들이 이 세상 그 무엇보다 뜨겁게 돌아왔다. 어떤 이를 지켜주고 싶은 마음이 감당하지 못할 만큼 커지면, 그 마음을 버리는 것이 아니구나. 어떤 이가 강해지길 바라게 되는 것이구나. 그게 사랑이구나.

힘들었지, 고생 많았다. 그런 말 정도로 채워질 만한 구멍이 아니었는데, 강해졌으면 좋겠다는 그 말에 너덜너덜했던 정신 상태가 다시 빨아 건조기까지 돌린 것처럼 깨끗해졌다. 그래 버티자. 존나 버티자. 파울만 치면서 한 16구 보다가 결국 안타 쳐버리는 빠따처럼, 아득바득 버티자. 때려치울까 하는 고민을 하루에 삼성 경기 당 평균 잔루 수만큼 했는데, 다시 일 나갈 용기가 생겼다.

어영부영 어떻게든 굴러가는 게 인생이라는데, 수렁에 빠진 바퀴를 빼내는 일을 누군가 도와주기 때문에 굴러가는 게 아닐까, 생각했다.

　기어코 여기까지 제 징징쇼를 관람하신 분들께 감사의 말씀 드리며, 각자 인생의 바퀴를 굴리고 계실 분들께 격려의 말씀 또한 드리고 싶습니다. 바퀴가 안 빠지는 게 가장 좋겠지만, 만약 빠졌다면. 혼자 힘으로 빠져나올 수 없을 것 같다면. 도와주는 이를 반드시 기억하는 것이 좋겠습니다.

● **자강두천**: '자존심 강한 두 천재의 대결'의 줄임말. 두 사람의 수준이 비슷해 우열을 가리기 힘든 싸움을 일컫는다.

**쌍딸**
@sospinyourlife

···

혼나는 거라고 생각하지 마세요.
본인이 사부님한테 쿵푸 배우는 쿵푸팬
더라고 생각하세요.
난 지금 용의 전사가 되어가는 중임.

> Q.
>
> 직장에서 실수해서 혼날 때마다 버티
> 는 방법이 있을까요?
> - 10분에 한 번씩 멘탈 나가는 사람이

# 회식에 관하여

## 회식반대협회에서 나왔습니다

회식이 잡혔다. 회식의 정의가 뭘까. 나는 존나 싫어하는 것이 생기면 일단 국어사전을 찾아본다. 그것의 정의를 완전하게 파악해야 더 확실하게 싫어할 수 있기 때문이다. 국립국어원 표준국어대사전에 따르면 회식의 정의는 다음과 같다.

회식(會食)

[명사] 여러 사람이 모여 함께 음식을 먹음. 또는 그런 모임.

굿. 이로 인해 회식이 더 확실하게 싫어졌다. 나는 여러 사람이 모이는 것이 싫다. 서로의 인품에 대해 무지한 상태로 바글바글 모여서 각자 집단적 독백을 하고 있는 상태면 몰라도, 애매하게 아는 사람들끼리 그저 사회적 지위를 보전하기 위해 억지로 모이는 것이 정말 싫다.

회식은 카스트 제도 같다. 회식을 싫어하는 사람이 대부분인데, 정작 이 적폐와도 같은 문화는 아주 잘 굴러간다. 왜냐하면 회식에 눈깔이 돌아간 극소수의 사람이 그들을 지배 및 관리하는 지위에 있기 때문이다.

다시 회식의 정의를 보자면, 초점은 '여러 사람이 모여'에 맞춰져 있다. 한자도 '모일 회' 자다. 모여서 밥 처먹으면 그게 다 회식이라는 뜻이다. 이 말은, 점심시간에 대갈통 맞대고 앉아 말없이 짬뽕만 후루룩 먹어도 그게 회식인데, 왜 이 미친 한국인들은 회식하자면서 꼭 퇴근 후에, 꼭 비싸다고 하기에도 싸다고 하기에도 애매한 고깃집을 처기어가서 사람 얼굴에 작위적인 미소를 띠게 하는 것일까. 회식하고 나오면 염병 더러운 고기 냄새가 옷에 다 배서 진심 샤워하러 들어가기 전까지 기분이 개같다. 근데 샤워하러 들어가서 시계 보면 더 개같다. 아 씨X 내 시간.

일하는 사람들끼리 모여서 밥숟가락 들어봤자 그 자리에 있는 각자에게 긍정적인 영향을 끼치는 대화는 딱히 이루어지지 않는다. 그냥 전부 다 수박 겉핥기식 대화만 하잖아요. 아니 나만 그럼? 내가 좀 인간이라는 종과 별로 친하지 않은 유형이라서 그런가, 어지간히 친한 사람들 아니면 개인적인 이야기 잘 안 한다. 내 입에서 나오는 건 대외적 취미 얘기, 전혀 민감하지 않으며 유쾌하게 나눌 수 있는 사회적 이슈 얘기, 아니면 일 얘기. 나는 이미 사회성을 갖춘 인간의 탈을 쓰고 근로 시간 내내 퇴근만 기다리며 버텼는데, 회식 잡히면 집에도 못 가고 그 짓을 해야 한다는 게 진심으로 극한의 피로를 느끼게 한다.

또 나는 답답한 것도 잘 못 참아서 누가 얼타는 거 보고 있으면 그냥 내가 하고 마는 성격인데, 이런 사람은 회식 자리에 가면 무조건 고기 굽고 있어야 된다. 아니 생고기를 자르면서 왜 가위 탓을 하지? 고기 내일 먹을 거야? 이렇게 자르면 당연히 안 익지? 지금 뒤집어야 되는데. 지금. 지금. 지금. 그래서 그냥 내가 집게 들고 고기 굽느라 육체적 피로도 더블로 묻고 간다.

그냥 회식으로 일자 테이블이 있는 초밥집에서 10피스에 미니 우동 딸린 1인 세트나 먹으면서 말 한마디 나누지 않고 초밥 빚는 주방장이나 실컷 구경하다가 다 먹으면 알아서 귀가하면 안 되나? 그런 선진문화를 선도하는 기업이 있다면 꼭 내가 제일 먼저 들어갈 것이다. 만약 그 기업이 IT 기업이라면, 나는 대학을 다시 갈 용의 또한 있다.

사실 회식으로 미슐랭 가이드에 오른 맛집을 데려간다고 해도 가기 싫다. 걍 집구석에 기어들어 가서 안성탕면을 끓여 먹는 게 낫지, 일터 사람들이랑 얼굴 맞대고 밥숟가락을 겨우겨우 아가리에 배달하는 행위는 너무 끔찍하다. 나는 일과 사생활이 분명하게 분리되기를 원하는 사람이다. 나름 사회 생활을 원만히 하고 있지만, 그것이 일터의 사람들을 사랑한다는 뜻은 아니다. 외향적 성향을 지니고 있기는 하지만, 그게 절대로 인간을 좋아한다는 것과 직결되지는 않는다.

근로기준법에 따르면 회식은 업무의 연장선이 아니다. 그러나 4대 보험 떼먹힌 급여만 보면 한숨 나오는 말단 근로자들에게 회식은 그 주 난공불락의 업무이다. 진심 오늘도 가서 사회적 미소 띠울 생각을 하니까 벌써 광대 떨린다.

나를 비롯한 모든 회식반대협회인들에게 깊은 위로와 공감을 건네고 싶다. 이겨냅시다. 존나 이겨냅시다.

# 작가 된 썰 푼다

## 꿈★은 이루어진다

내 장래 희망은 두 가지였다. 첫 번째, 코미디언(진심임). 두 번째, 작가. 어린 시절의 쌍딸은 그런 원대한 꿈이 있었다. 코미디언은 너무 현실성 없어서 애진작 포기했고, 그냥 친구들한테 성대모사나 해주면서 못다 이룬 꿈의 갈증을 해소했다.

근데 작가는 진짜 되고 싶었다. 실제로 글도 꽤 썼다. 초등학교 시절부터 온갖 글짓기 대회란 대회는 다 나갔는데, 전부 상을 받아왔다. 문예창작영재도 했다. 그런데 때려치웠다. 그 이유가 진짜 코미디다.

중학교 2학년, 문예창작영재 프로그램에 지원할 때 지원을 할지 말지, 만약 한다면 운문을 넣을지 산문을 넣을지 고민이 컸다. 그래서 급식 먹고 매점에서 바나나우유 사들고 운동장 벤치에 앉아 친구에게 심각한 고민을 털어놓았다. 그랬더니 친구는 한 치의 망설임 없이 지원하라고 대답했다. 내가 니가 쓴 거 읽고 얼마나 감동을 받았는데, 니가 글 안 쓰면 누가 쓰냐. 넌 산문 지원해야 돼: 친구의 말에 깨달음을 얻은 나는 더 고민하지 않고 산문 부문에 지원했다.

영재원 시험 칠 때 어떤 글을 썼는지 잘 기억도 안 난다. 그냥 제한된 시간 내에 그 자리에서 주제를 보고 서사를 구성해서 한 편의 소설을 써낸다는 게 말도 안 되게 어려웠다. 지금 하라고 해도 못 할 거다. 근데 어떻게든 꾸역꾸역 써냈다. 하지만 미완이었다. 완벽하게 망한 글을 써냈다. 그리고 붙었다. 이거 어떻게 붙음?

영재원에 합격한 것은 재앙의 시작이었다. 영재원에 들어가서 글 쓰는 걸 배우는데, 처음 읽으라고 받은 책이 《데미안》이었다. 거기까지 할 만했다. 근데 다음 책이 《파우스트》였다. 난생처음으로 책 읽기 싫어서 징징거렸다. 그래도 어떻게든 눌러앉아서 버티다가 드디어 글을 쓰는 단계까지 왔다. 대충 뼈대부터 잡아서 선생님께 검사를 받는데 매번 빠꾸였다. 캐릭터가 별로다. 기승전결이 없다. 결말이 생뚱맞다. 등등. 제대로 소설 한 편 써보는 게 처음이었으니 피드백 받는 건 당연한 건데, 중2였던 새끼 쌍딸은 지금과 사고의 메커니즘이 완벽하게 동일했다. 아 나한테 누가 뭐라고 하는 거 개 싫네. 그래서 그냥 관뒀다. 그 김에 글 쓰는 것도 같이 접었다.

영재원을 그만둔 후, 학교에서 내 영재원 지원을 열렬히 지지했던 친구를 만났다. 영재원 잘 다니고 있냐고 묻길래 때려치웠다고 대답했더니 펄쩍 뛰었다.

야 니가 그걸 왜 때려치워! 니가 시를 얼마나 잘 쓰는데!

순간 뒷목이 싸했다. 나 산문인데…? 친구는 계속 황소개구리마냥 날뛰었다.

그래 산문! 시!

그때 친구 뒤통수를 후려 깠다. 야 이 빡추야! 시는 운문 이고 소설은 산문이야!

중2였던 나에게 죄가 있다면 친구의 국어 성적을 간과한 것이었다. 그 당시에는 적성에도 안 맞는 소설 쓰다가 글 때 려치운 게 너무 억울했는데, 다시 생각해 보니까 시를 썼어 도 크게 다를 바가 없었겠다는 생각이 들었다. 글에 흥미는 있을지 몰라도, 적성은 없다는 생각이 점점 커졌다. 교내에 서 수상해도, 대학교 가서 교수님께 시를 제대로 써볼 생각 이 있느냐는 소리를 들었어도, 진지하게 생각 안 했다. 그냥 취미로 남겨둬야겠다고 생각했을 뿐이었다.


그런데 어쩌다가 책을 내게 됐느냐 하면. 우리 편집자님 덕분이라고 말할 수가 있겠다. 2020년, 야구 보면서 포스타 입에 간간이 글을 게재했었다. 야구 말고 다른 주제의 글도 몇 번 썼다. 직장인이 되었어도 취미가 여전히 글쓰기였기 때문에 그냥 진짜 심심해서 쓴 것이었다. 그런데 그걸 보고 포스타입 메시지와 트위터로 연락을 주셨다. 솔직히 사기인 줄 알았다. 아 이렇게 말려들어 가는구나. 책 내자고 하고 계좌 물어보겠지? 근데 계좌를 안 물어봤다. 대신 메일로 정식 출간 제의와 기획안을 받았다. 그제야 엄마 앉혀놓고 얘기했다. 나 출간 제의받았다? 우리 엄마 역시 뭐라 그랬냐면, 그거 사기 아니야? 원래는 웃어야 되는데 하나도 안 웃겼다. 나도 그런 줄 알았는데, 이거 진지하더라.

책 쓰는 기간 동안 나는 별로 고생 안 했다. 그냥 2루 찍고 3루 도는 주자처럼 마감일이 닥친 막판에 키보드 위에서 존나 달렸다. 대신 편집자님께서 고생하셨다. 갑자기 전화해서 글 안 나온다고 어떻게 하냐는 개 헛소리까지 들어주셔야 했으니까. 그래서 맨날 말한다. 어머님 날 낳으시고 편집자님 날 기르셨네. 어버이날에 선물 보내드리겠습니다. 근데 올해 어버이날 그냥 넘어감. 불효녀를 용서해 주세요.

그렇게 책을 내고 작가 소리를 듣게 됐다. 나보다 주변 사람들이 더 신기해했다. 나는 신기해하지 않았다. 실감이 나지 않았기 때문이다. 친구들이 내 책 사 들고 와서 나한테 머리띠(삼성라이온즈 굿즈) 씌우고 거실에서 저자 팬 사인회도 열어줬는데. 사인하면서도 그냥 실실 웃기만 했지 그냥 콩트 정도로 생각했다.

아직도 거짓말 같다. 서점에 내 책이 꽂혀있는 것도 봤고, 인터넷 서점에서 꽤 좋은 판매 순위도 차지해 봤다. 학교나 공립 도서관에 내 책 꽂혀있다는 소리도 들었다. 내가 쓴 책이 팔려서 인세 정산도 받았다. 지금도 또 책 쓰는 중이다. 꿈을 이룬 사람들의 이야기를 들어보면, 전부 다 실감이 나지 않는다고 그랬다. 옛날엔 그거 보면서 소파에 누워서 헛웃음이나 날렸다. 존나 상투적이네. 근데 이제야 깨달았다. 아 진짜 실감이 안 나서 그렇게 말하는 거였구나. 오해해서 죄송합니다.


사실 난 아직도 내가 작가라고 생각 안 한다. 그냥 내 이름(필명이지만)으로 된 책을 내본 적이 있는 사람 정도라고 생각한다. 그게 그거 아니냐고 하면 할 말 없지만, '작가'씩이나 되는 호칭을 듣기에는 너무 민망하다는 소리다.

하여자 특*: 이래놓고 작가 소리 들으면 좋아함.

내게는 좀 염세적인 면이 없지 않아 있다. 교복 벗고 학사

모까지 던졌는데 꿈은 무슨 꿈이야. 그런 생각으로 살았다. 지금 내 삶에 만족하는 걸로 충분했으니까. 아, 근데 어렸을 때부터 품어왔던 로망이 이루어지니까 좀 다르더라고요. 꿈 앞에서는 모두가 장래 희망이 뭐냐고 묻는 말에 대통령이라면서 눈 반짝거리는 어린아이가 될 수 있다. 나도 눈 많이 번쩍거렸다. 꿈 하나쯤 품고 사는 거, 나쁘지 않을 수 있다. 아니 오히려 많이 품을수록 좋을 것 같다. 하나라도 이루어지면 개이득이니까.

아무튼 내가 책을 냈다는 건 2002년 월드컵 4강 신화에 버금가는 신화다. 씨X 얘들아 꿈☆은 이루어진다! 그러니까 그냥저냥 살면서 주변에 귀나 잘 기울이고 계세요. 자다가 누가 봉창 두드렸는데 알고 보면 떡 준다는 사람일 수도 있습니다.

● **하여자 특**: '하여자 특징'이라는 뜻으로, 하여자는 '상여자, 상남자'와 상반되는 쓰임의 신조어다.

**쌍딸**
@sospinyourlife

···

와 나는 카이스트 못 갔는데 내 책이 갔네.

> **Q.**
>
> 언니 카이스트 도서관에 언니 책 있어
> 요.

💬     🔁 2,500     ♡ 793     ⬆

# 쌍딸이 엄마는
# 쌍딸이를 어떻게 키운 거야?

좀 부끄러운 이야기인데, 나는 어딜 가나 좀 특이한 사람이라는 소리를 듣는다. 사고방식도 그렇고 실제 언행도 그렇고 좀 그런 편인 것 같다. 그럴 때마다 주변 사람들이 욕은 아니고, 참 특이하게 자란 것 같다고 말한다. 나도 인정한다. 왜냐면 우리 집 여사님의 특별한 육아법이 지금의 나를 있게 했기 때문이다.

내가 생각해도 나는 어렸을 때부터 좀 이상했다. 미취학 아동 시절, 일요일 밤이면 소파에 앉아서 '개그콘서트' 보는 게 국룰이었다. '봉숭아 학당'이 끝나고 이태선밴드가 기타를 자가장장— 치고 협찬 광고가 나오면 씻고 자는 거였다. 바른 어린이 쌍딸은 개콘이 끝나자 욕실로 향했다. 마침 엄마가 말했다. 이제 씻고 자야지. 나는 그 말을 듣자마자 유턴해서 다시 소파에 빵댕이를 붙였다. 어 안 그래도 좀 이따 씻을 거야. 그땐 몰랐는데 커서 알았다. 내가 최상위급 티어tier의 청개구리였다는 것을.

청개구리였던 것치고 유난스러운 짓을 많이 했던 편은 아니다. 기억나는 일 몇을 꼽자면, 그냥 어렸을 때 유치원에서 내 생일이 아닌데도 파티에 끼워달라고 선생님 앞에서 땡깡 부린 것, 대구백화점에서 에스컬레이터 더 타고 싶다고 집에 안 간다면서 로비에 드러누운 것, 집에서 베란다로 탈출해서 동네 골목에서 놀다가 엄마가 경찰에 실종신고 한 것 정도? 다시 생각해 보니까 유난스럽네. 죄송합니다. 그러나 우리 여사님은 나 키우는 게 그다지 어렵지 않았다는 의견을 표명했다. 그건 아마 여사님께서 위인이기 때문일 것이다.

우리 엄마는 이런 노답 아동에게 어떤 육아법을 적용했느냐. 바로 방목이었다. 분명 울타리는 있었는데, 내가 아무리 날뛰어도 제약이 없을 만큼 허용 범위가 아주 넓었다. 쌍딸 나이 8세에서 16세는 게임에 미쳐 있던 시절이었다. 숨 쉬는 시간도 아껴가며 게임을 했다. 어느 정도였냐면, 14세에 이미 피시방 최장 기록 21시간을 찍었다. 구라 즐이라고요? 어린 애가 어떻게 피시방에서 그렇게까지 죽을 쳤냐고요? 이거 구라 아닙니다. 리니지 유저이신 친구 아버지께서 동행해 주셨습니다. 10년도 더 지난 지금에서야 진심 어린 감사를 표합니다. 아직도 리니지 하신다는 소식을 들었습니다. 건승을 기원합니다.

원래 자식새끼가 피시방 같은 데 다니면 부모님은 칠색 팔색을 한다. 그때는 금연구역 이런 개념도 없어서 피시방에 가면 담배 연기가 뭉게뭉게 피어올랐다. 한 시간만 앉아 있다 와도 온몸에 담배 냄새가 뱄다. 어두컴컴한 데서 담배 연기 맡으면서 게임하는 초졸 딸을 어떻게 가만히 보고만 있을 수가 있냐고. 근데 우리 여사님은 그걸 해내십니다. 말리거나 혼내기는커녕 마음껏 보내줬다. 게임 하고 싶은 만큼 하라고 했다. 심지어 나는 피시방 요금이 얼마 나왔는지도 몰랐다. 우리 여사님이 이용 요금을 주 단위로 장부에 달아놓고, 학교에 가는 월요일에 결제해 줬기 때문이다. 내가 그때 왜 그런 관용을 베풀었는지 훗날 물어보았을 때, 엄마의 답변은 간단했다. 나쁜 일 하는 것도 아니고, 게다가 소재지 파악이 확실하잖아. 그렇다. 우리 여사님 기준에서 초졸 딸이 밥도 안 먹고 피시방에서 죽치다 오는 것쯤은 일탈 축에도 끼지 못하는 셈이었다.

우리 여사님은 내 성적에도 별로 신경 안 썼다. 남들 다 공부방 다니길래 나도 한번 다녀봤고, 남들 다 학원 가길래 나도 한번 가봤다. 근데 금방 재미가 떨어졌다. 당연하지, 공부가 재밌을 리가 없었다. 그 시간에 피시방에 가서 게임이나 하고 싶었다. 엄마 나 학원 안 다닐래, 그러자 우리 여사님은 바로 오케이 했다. 심지어 오늘 학교 가기 싫다고 아침에 미적거리면 쌍딸이 몸이 안 좋아서 학교 못 간다고 선생님에게 전화까지 해줬다. 그렇게 탱자탱자 놀면서 중학교 올라갔는데… 아무 생각 없이 갔긴 시험에서 전교 4등을 찍었다. 성적표 받자마자 가방에도 안 넣고 손에 꼭 쥔 채 뛰어가서 집 문을 열어젖히고 기세 좋게 외쳤다.

엄마 나 전교 4등 했어!

우리 여사님 답변은?

두구두구두구.

그래 알았다, 밥 먹자.

중1이었던 나는 그 반응에 적잖은 충격을 받음과 동시에 위안을 얻었다. 아, 우리 엄마는 성적에 별로 연연하지 않는 구나. 나도 연연하지 않아야겠다. 그리고 더 놀았다.

그래도 고등학교 가서는 좀 변했다. 피시방을 그만 다니기 시작했기 때문이다. 다만 무슨 바람이 들었는지, 하지 말라는 건 다 하고 싶었다. 그런데 우리 여사님은 하지 말라는 게 없었으므로 대신 학교에서 하지 말라는 걸 다 했다. 야자는 신청해 놓고도 맨날 튀었다. 보충 빼먹고 편의점에서 라면 먹다가 선생님이랑 눈도 마주쳤다. 화장하지 말라는데 꾸역꾸역 화장하다가 맨날 벌점 먹었다. 핸드폰 대신 공기계 내는 거 들켜서 진심 뒤지게 맞을 뻔도 했다. 개학 날 분홍색 머리털을 하고 뻔뻔하게 앉아 있다가 앞머리도 쥐어뜯겨 봤다.

특히 교복 입는 게 죽기보다 싫었다. 밤 10시까지 야자한답시고 교실에 갇혀 있느라 어차피 체육복으로 갈아입는데, 왜 교문을 통과할 때만 교복을 입어야 하는지 이해가 안 됐다. 나다운 게 뭔데. 학생다운 게 뭔데! 그래서 교복을 안 입고 등교했다. 그 와중에 우리 여사님은 장단 맞춰준다고 아디다스와 나이키 추리닝을 위아래 세트로 맞춰줬다. 그걸 입고 학교에 간 지 한 일주일, 꼬박꼬박 벌점을 먹었다. 근데 그게 우리 담임 선생님 귀에 들어가고, 결국 엄마한테 전화가 갔다. 우리 엄마는 담임 선생님께 이렇게 말했다. 지가 그러겠다는데, 그냥 벌점 주세요.


다른 친구네 엄마 아빠들을 보면서 고민한 적도 있다. 우리 엄마는 게임 하고 싶다고 하면 시켜주고, 학교 안 가고 싶다고 하면 안 보내네. 성적표 보여달란 소리도 안 하고, 하는 잔소리라고는 방 치우라는 것밖에 없네. 엄마가 나한테 뭐라고 안 해서 너무 좋긴 한데… 허걱, 설마 엄마가 날 포기했나? 근데 그렇다기엔 우리 엄마는 날 너무 사랑해. 근거 없는 자신감에 절어 있는 것처럼 보일 수 있겠지만, 사실이었다. 우리 엄마는 날 너무 사랑해서 나 태어날 때부터 대학 보낼 때까지 혼자서 키웠다. 그래서 더 궁금했다. 엄마는 내가 해달라는 건 다 해주면서 왜 나한테 바라는 건 없을까.

다 크고, 대학생 지나 직장인 되고 나서 물었다. '금쪽같은 내 새끼'를 같이 보다가. 엄마는 나 키우면서 어땠냐고. 우리 여사님 대답이 아주 심플했다. 재밌었지. 그래서 눈치 보면서 다시 물었다. 나 키우면서 걱정 없었냐고. 이어지는 우리 여사님 말씀.

별생각 없었는데. 니는 니 알아서 잘 컸다. 지 인생 지가 살아야지 옆에서 누가 뭐라 한다고 되나. 근데 니는 옆에서 보는데 잘 크더라.

그 얘기 들으면서 너무 많은 생각이 들어서 감히 정리할 엄두도 안 났다. 아무리 생각해 봐도 힘들었을 것 같은데. 그 세월을 그냥 재밌다는 말로 정리할 수 있으려면 얼마나 날 사랑해야 하는지 헤아려지지 않았다. 그러다가 그냥 대충 결론 내렸다. 나도 지금까지 엄마랑 사는 거 너무 재밌었으니까, 앞으로도 재밌게 살아보자고. 어딜 내놔도 부끄럽지 않은 자식새끼가 될 테니까, 앞으로도 나 믿어달라고. 하나밖에 없는 딸내미가 환상의 쑈를 보여드리겠습니다. 남은 시간이 많으니 많은 기대 부탁드립니다, 여사님.

2장

살다 보면 2군도 가고 그러는 거지

# 살다 보면 2군도 가고 그러는 거지

## 고장이 나면 고치면 됩니다

야구를 보다 보면 1군, 2군 그런 말이 들린다. 대충 1군: 텔레비전에 나옴. 2군: 텔레비전에 안 나옴. 정도로 생각하면 된다. 1군에서 뛰는 선수들은 정규 리그 경기에 출전한다. 2군에서는 1군을 꿈꾸는 선수들과 1군에서 부진을 겪어 다시 재정비하는 선수들이 경기를 한다.

야구선수가 늘 1군에 있을 수는 없다. 그렇지 않나? 삼성

라이온즈 선수들은 맨날 1군 2군 왔다 갔다 하던데요. 아무튼 언제나 1군에서 활약하며 툭하면 하이라이트 모음집에 오르는, 믿고 기댈 수 있는 선수로만 살아갈 수는 없다는 것이다.

이렇게 보면 좀 씁쓸한 것 같다. 야구장에 들어찬 수천 명의 환호와 함께 경기하는 사람들과 주목받지 못하는 자기들만의 경기를 묵묵하게 이어가는 사람들이 나뉜다는 것이. 물론 2군 경기도 가서 볼 수는 있다. 그렇지만 이렇게 말하는 나조차도 2군 경기는 본 적이 없다.

2021년까지 삼성의 선수였던 박해민은 육성선수로 삼성에 입단 후 2군에서 세 자리의 등번호를 달고 뛰었다. 그러다가 경기 끝물의 대주자로 1군에 데뷔했다. 한 자리, 두 자리의 번호가 가득한 1군의 무대에서 혼자 세 자리의 번호를 달고 경기장으로 뛰어 들어갈 때, 박해민은 자기 등에 쏟아지는 시선이 따가웠다고 했다. 많은 팬의 가슴팍 한구석을 아리게 만들었던 말은, 그런데도 좋았다는 것이었다.

내가 야구 보는 사람이라 그런지, 종종 인생을 야구에 비유하게 된다. 가끔 살다 보면 내가 2군에 내려온 것 같다고 느껴질 때가 있다. 나를 위해 박수 쳐주는 이가 아무도 없을 때. 외로울 때. 내일을 위한 발버둥이 허무하게 느껴질 때. 내가 맞춰야 하는 퍼즐이 있는데 아무리 뒤져봐도 마지막 한 조각을 찾을 수 없을 때.

지금껏 살면서 내 인생은 걸릴 것 없이 풀리는 것 같았다. 운이 좋았다고밖에는 설명할 수가 없다. 나를 너무 사랑해주는 엄마를 만났고, 의리와 재미까지 겸비한 친구들을 만났다. 가장 원하던 대학에 붙었고, 가장 원하던 직장에 입사해서 연봉도 빠르게 올랐다. 한 번도 인생의 슬럼프라는 것이 없었다. 그래서 올 줄도 몰랐다.

그런데 소중한 사람들을 잃고, 똑같이 굴러가는 삶에서 별다른 의미를 찾지 못하고, 입에 밀어 넣는 밥에서 아무 맛이 나지 않고, 집에 돌아와서 아무것도 하지 않고 멍하게 누워 있다 똑같은 내일을 보내는 상상을 하다 잠들 때. 뭔가 잘못된 걸 느꼈다. 내가 고장이 났다고 생각했다.

별문제 없이 하루를 웃으면서 끝낼 때는 몰랐던 삶이었

다. 하루에 한 번도 웃음을 지은 적이 없다는 걸 깨달은 순간, 나는 내가 2군에 내려온 것 같다고 생각했다. 좀 절망적이었다. 뭘 어떻게 해야 하는지 방법을 몰랐기 때문이었다. 생각해 보면 난 항상 1군에서의 삶을 누린 셈이었다. 처음으로 떨어진 2군 필드에서 그냥 멍하게 서서 꽤 오랜 시간을 보냈다.

야구에서 2군이 왜 필요할까? 그냥 잘하는 놈들만 뽑아다가 1군 경기만 하면 안 되나? 예, 안 됩니다. 2군이 없으면 1군도 돌아가지 않습니다. 왜냐하면 2군은 일종의 육성센터, A/S 센터의 역할을 한다. 1군 무대에 오를 가능성이 보이는 선수를 키워내고, 경기력이 떨어진 선수들이 경기력을 찾는 무대이다. 여기서는 반드시 이길 필요도 없다. 물론 이기는 것도 좋지만, 그것보다 더 중요한 것은 이전의 자신보다 성장하는 자신을 만나는 과정에 있다.

사람도 마찬가지 아니겠냐고. 어떻게 매일매일을 이기고 사나. 어떻게 매일매일을 훌륭하게 사나. 살다 보면 어딘가 고장이 나서 내 마음대로 되지 않을 때가 있다. 그럴 땐 그냥 다시 살면 된다. 잘 먹고, 잘 자고, 잘 싸면서, 일상을 포기하지 않고 그냥 살면 된다.

그래서 나는 그냥 2군에서 열심히 살기로 했다. 고장이 났으면 고쳐야지, 어떻게 그걸 그냥 쓰나. 살다 보면 2군도 가고 그러는 거지. 어떻게 맨날 1군에서 뛸 수가 있냐고. 2군에서 경기를 하는 게 실패했다는 뜻은 아니니까, 부끄러울 필요도 없다. 그러니 너무 낙심하지 말아야 한다. 삶은 이따금 고되더라도, 잠시의 쉴 틈도 없을 만큼 가혹하지는 않으니까. 내가 반드시 이겨낸다, 이 새X들아! 아좌좌!

쌍딸
@sospinyourlife

· · ·

사람 일 뭐든 간에 정신력으로 하는 거다.
존나 뻥이쳐 놓고 요즘 애들은 정신력이
어쩌고 이게 아니라, 실수를 했으면 배워
야지 왜 그거 하나로 세상이 무너진 것처
럼 그래. 자기 자신을 잘 용서해야 뭐든
되는 거야. 니는 오늘의 니랑 평생을 같이
살아가야 된다고. 없는 셈 칠 수 없잖아.

💬          ⟲ 272          ♡ 142          ⬆

# 끝내기 폭투 같은 상황이어도

## 아직 안 망했다

야구를 보다 보면 별의별 기막힌 그림을 다 보게 된다. 각종 실책과 폭투, 포일, 보크[*], 이딴 것들을 굳이 알고 싶지 않아도 알게 된다. 공 잡으려고 야수 세 명 모였다가 애니팡처럼 터지는 장면은 하도 많이 봐서 이제 웃음도 안 나온다. 내 기준으로 야구장 정전된 것보다는 노멀하다. 나도 야구 꽤 봤다고 생각하고 웬만한 정신 공격에는 내성이 좀 생겼다고 거드름 피우겠는데, 도저히 봐도 봐도 괴로운 게 하나 있다면 바로 연장전 패배다. 그리고 실책, 폭투, 포일, 보크 이딴 것들로 인해 연장전에서 패배한다면? 그 시너지는 폭발한다.

야구가 아무리 타임아웃이 없는 스포츠라지만, 그래도 집에는 다들 가야 할 거 아니야. 관중도, 선수도, 심판도, 해설진도 모두 돌아가야 할 집이 있다. 그러니까 원래 9회였던 게임이 쇼부가 안 나면 연장을 가더라도 12회로 끝내게 되어있다. 그러다가 무박 2일 경기한 사례도 있지만, 아무튼 집에는 갈 수 있다는 말이다. 근데 이게 집에 가고 말고의 문제가 아니다. 야구가 연장으로 12회까지 갔다면 이미 그곳에 있는 사람들은 모두 시간과 정신의 방에 갇혀 육체만 살아있는 망령이 되어 떠도는 상태가 된다.

일단 연장을 안 가고 이기는 게 최고의 시나리오이지만, 이왕 갔다면 그렇게 된 거 죽이 되든 밥이 되든 이겨서 야구장을 나가야 한다. 다음 날 기상을 걱정해야 할 정도로 게임이 늘어졌는데도 귀가하지 않은 사람들은 홈런 하나 뻥

터져서 시원하게 아파트라도 한번 부르고 가기를 소망하며 앉아 있는 것이다.

스포츠에서 이겨야 하는 팀은 두 팀인데, 이길 수 있는 팀은 단 한 팀뿐이라는 것에서 모든 비극은 시작된다. 지는 건 모두 개 같지만, 특출나게 개같이 지는 일들이 종종 발생한다. 그 방법도 아주 다양하다. 앞서 말했듯 실책, 폭투, 포일, 보크가 그 예시라 할 수 있겠다. 상대 팀보다 점수를 못 내서 지는 건 그냥 화나는데, 저딴 염병을 싸질러 놓으면서 지면 프로 스포츠 구단의 수준을 의심하게 된다. 접전인 상황이 아니라도 일단 사람 머리통 뚜껑 따게 만드는 데 그만한 게 없는 그림들이다. 그러나 이것이 승부를 결정 짓는 마지막의 마지막에 더해진다면? 서술조차 하고 싶지 않지만… 2022년 8월 어느 날, 삼성은 그렇게 졌다. SSG 랜더스와의 연장전에서 투수의 초구가 포수를 프리패스하고 시원하게 넘어가서 그대로 허무하게 게임이 끝났다. 끝내기 폭투였다. 불행 중 다행인 점은 12회가 아니라 11회였다는 것이다. 어, 그래. 일찍 끝내줘서 고맙다 XXX야.

중요한 상황에서 큰 실수를 저지른다면 어떤 기분일까. 물론 관중의 심정은 알고 있다. 나도 숱하게 겪었기 때문이다. 여기서 기분의 주체는 선수들이다. 야구를 보다 보면 실수를 저지르는 선수들을 보게 되고, 그 실수로 인해 자책하는 선수들 또한 보게 된다. 뭐 걷어차고, 부수고, 집어 던지고, 머리 뜯고, 울고불고, 난리도 그런 난리가 없다. 2020년에 삼성 선수 박승규가 실책을 했던 경기가 있다. 경기 끝물에 대수비로 나왔는데, 평범한 외야 뜬공 처리를 못 해서 분위기가 좋지 않았다. 물론 내 분위기도 좋지 않았다. 쌍욕하다가 화면에 덕아웃에서 눈물 그렁그렁해진 박승규가 잡혀 입이 떡 벌어졌다. 야, 점마 운다. 옆에서 위로한다고 난리도 아니었다. 다행히 그날 경기는 이겼고, 박승규는 역적이 되지는 않았으나 즙규라는 별명을 얻었다.

스포츠 선수들은 경기에 출전하는 것만으로 일이 끝나지 않는다. 그냥 출근해서 앉아 있다가 시간만 때운다고 업무가 끝나는 것이 아니듯이, 스포츠 선수들도 전력을 다해 이겨야만 비로소 업무가 완벽하게 끝난다. 그렇지만 우리는 안다. 내 모든 하루가 완벽할 수는 없다는 것을. 공부가 너무 하기 싫어서 펜이 안 잡힐 때도 있고, 내가 돈을 받아도 되는지 의심될 만큼 엉성하게 일할 때도 있다. 보통 그러면 자괴감이 든다. 아마 선수들도 그런 마음을 가지고 덕아웃으로 돌아갈 것이다.

실수는 괴롭다. 그런 짓을 저지른 나 자신을 한 대 쥐어박고 싶어지기도 하고, 아직도 타임머신을 발명하지 못한 이 공계를 탓하기도 한다. 그러나 나는 실수를 하면 잠깐 괴로워하고, 금세 어깨 펴야 한다고 믿는다. 물론 아예 없었던 일처럼 덮어놓을 수는 없다. 그럴 수도 없거니와, 만약 그렇게 된다면 또 같은 실수를 되풀이하게 된다. 그러나 자책만 하는 것도 달라지는 게 없다는 점에서 똑같다. 그래서 나는 실수를 저지른 선수에게 왜 실수했냐고 핏대 올려놓고 그 실수로 인해 기죽으면 또 왜 기죽냐고 윽박지르는 모순을 행한다.

좀 뻔뻔하게 들릴 수도 있겠지만, 나는 나한테 제일 관대하다. 나도 실수를 한다. 꽤 많이 했을걸. 그러나 후회는 하지 않는다. 이미 일어난 일은 되돌릴 수 없어서 마음 써봤자 해결되는 게 없다는 아주 경제적인 이유도 있지만, 딱히 후회하고 싶지 않다는 말이 더 정확하다. 일부러 한 거 아니고, 남 괴롭힌 거 아니면 됐지 뭐. 똑같은 실수를 반복하지 않기 위해 노력하면 되는 일이다.

나는 어차피 그딴 짓을 저질러놓은 나와 내일도, 모레도, 앞으로도 쭉, 눈 감을 때까지 평생을 함께 살아가야만 한다. 내가 나를 싫어하면 진짜 답이 없다. 나랑 좀 친하게 지내야 살만해진다. 과거의 나도 나고, 실수한 나도 나다. 자기 자신을 사랑하는 것이 중요하다는 것은 알지만, 내 추한 모습까지 사랑하고 싶지는 않아서 그런 부분들만 쏙 뽑아내고 싶을 때도 있다. 근데 그런 것들을 하나둘 뽑아내다 보면 이것도 별로고, 저것도 별로인 것처럼 느껴져서 다 빼고 싶어진다. 그러다가 끝내 와르르 무너진다. 사람이란 게 절대 사랑스럽고 자랑스러운 것들로만 쌓아 올려진 존재가 아니다. 괜찮은 것들과 별로인 것들이 다 차곡차곡 쌓여서 나라는 사람을 만들어온 것이다. 그러니까 결국 바보 같고, 덜떨어지고, 아는 척하고 싶지 않은 나의 모습까지 인정해야만 완전한 나를 마주할 수 있다.

박승규가 실책을 했던 날, 인터뷰에서 김상수가 말했다. 사람이라면 누구나 실수한다고. 그래, 사람인데 어떻게 실수를 안 하냐고. 그 실수를 받아들이고 인정하기만 하면 된다. 그리고 내일의 나는 더 잘할 거라고 믿으면서 어깨 펴면 된다. 설사 내일의 내가 잘은 못하더라도 큰 문제는 되지 않는다. 더 나아질 거라고 믿는 마음이 중요한 거니까. 중요한 건 꺾이지 않는 마음이라고.

큰 실수를 저질렀어도, 그게 심지어 끝내기 폭투일지라도. 그걸로 모든 게 끝난 건 아니다. 오늘의 경기는 졌어도 내일의 경기는 모르는 법이다. 오늘 하루는 엉망진창이었어도, 내일은 모르는 법이다. 다 무너진 것 같아도, 어떻게 저떻게 하면 됩니다. 그러니까 샷다 올리고 우리 인생 정상 영업합시다.

● 폭투: 투수가 포수가 잡을 수 없을 정도로 나쁜 공을 던지는 일. | 포일: 포수가 투수가 던진 공을 놓치거나 처리하지 못한 일. | 보크: 베이스에 주자가 있을 때, 투수가 규정에 어긋난 투구 동작을 하는 반칙.

# 1루에 발을 디딘 당신에게

## 수험생에게 보내는 편지

올해는 유독 힘들었습니다. 누군가는 영원히 저물지 않을 것 같은 하루하루를 버티며 바뀌는 계절을 한숨으로 넘기고, 누군가는 쥔 것 없는 빈손으로 잡아봐도 잡히지 않는 시간의 뒷모습을 그저 바라봐야만 했을 것입니다. 모두가 힘들었습니다. 대학수학능력시험을 준비했던 분들에게는 더욱 고된 시간이었으리라, 짐작만 해볼 따름입니다.

가장 힘든 사람은 따로 있다고 믿기에, 우는 소리 몇 번 제대로 내지도 못했을 분들이 꽤 있을 겁니다. 수험생이 벼슬이냐는 말을 하는 사람들, 수능 그거 별거 아니라고 하는 사람들 너무 많습니다. 그런 말들이 눅눅해진 여러분의 가슴에 손쉽게 구멍을 내도 별수 없었을 것입니다. 아예 틀린 말은 또 아니라는 것을 너무 잘 알고 있기 때문입니다. 그래도 잊지 마십시오. 여러분은 정말 힘들었고, 이제는 드디어 잠깐이나마 그 힘을 내려놓아도 되는 시간이라는 것을 말입니다.

저의 과거를 돌이켜 봐도, 위로가 될 수 있을지에 대해 확신이 없어 머뭇거리게 됩니다. 제가 어떻게 수험 생활을 했고, 수능보다 더 개 같은 일들을 버텨내고, 사회인이 되어 밥 벌어 먹고사는지에 대해서 말하는 것은 큰 힘이 되어주지 못할 것 같습니다.

대신 이런 질문을 드려보고 싶습니다. 우리 인생이 야구라면 어떨 것 같습니까. 수능이라는 이벤트는 몇 회쯤에 벌어지는 일인 걸까요. 저는 몇 회까지 갈 것도 없다고 봅니다. 1회 초, 비어있던 베이스, 처음으로 1루를 채운 것. 그게 바로 여러분이 해낸 일입니다.

주자는 1루에 도달합니다. 말 그대로 1루에 도달한 것뿐입니다. 이 주자는 홈으로 들어올 수 있을까요? 알 수 없습니다. 그것은 다음 타석의 숙제입니다. 다음 타자가 주자를 2루에 보내줄지, 병살을 칠지, 아니면 홈런으로 단숨에 집으로 불러들일지. 우리는 아무것도 알 수 없습니다. 마찬가지입니다. 수능이 끝났습니다. 말 그대로 수능이 끝난 것뿐입니다. 여러분이 앞으로 어떤 것을 쟁취해 내고 어떤 삶을 살아갈지는 결국 이다음의 숙제인 것입니다.

저는 여러분의 수능 성적이 궁금하지 않습니다. 여러분이 얼마나 힘든 수험 생활을 했는지 감히 알 수 없습니다. 저는 그저 이런 말씀을 드리고 싶은 것입니다. 경기는 한참 남았습니다. 그리고 낫아웃이든, 실책이든, 몸에 맞는 공이든, 볼넷이든, 안타든. 여러분이 얻어낸 1루는 앞으로의 여러분을 만들어갈 것입니다. 이게 점수가 될 수 있을까요? 모릅니다. 그러나 확실하게 알 수 있는 것이 두 가지 있습니다. 어떠한 방법으로 얻어냈든, 여러분이 서 있는 그 1루는 어마어마한 가치를 지녔다는 것. 그리고 여러분은 앞으로 9회 말, 까딱하면 연장전까지 가야만 하는 경기를 계속 이어 나가야 한다는 것.

야구와 우리 인생. 둘 다 알 수 없습니다. 맨날 아직 모른다면서 9회 말까지 핏발 선 눈으로 보는 게 야구 아닙니까. 맨날 오늘은 확실하게 이겼다면서 여유롭게 보다가 결국 입술 뜯으며 보는 게 야구 아닙니까. 야구는 영화와 달라서 아무도 그 결말을 알 수 없습니다. 우리 인생도 마찬가지인 것 같습니다. 결말을 알고 살아가는 사람은 아무도 없습니다. 그렇기에 어떤 순간은 뜨겁고, 어떤 순간은 처절하며, 어떤 순간은 울고, 어떤 순간은 웃는 것입니다.

아직 한참 남은 경기를 치르면서, 결말을 알 수 없는 여러분의 길 앞에서 작아질 수도 있습니다. 발을 멈출 수도 있습니다. 어쩌면 되돌아가야만 하는 순간이 올지도 모릅니다. 그래도 괜찮습니다. 왜 괜찮냐고 물어보지 마세요. 여러분이 여러분 길을 걷는데 어떤 변명과 이유가 필요합니까. 여러분이 여러분을 위해 고뇌하고 방황하는데 누구를 납득시

켜야 합니까. 경기를 포기하지만 않는다면 다 괜찮습니다.

　이렇게 힘들었는데, 아직 1회도 끝나지 않았다는 말을 들으면 맥이 풀릴 수도 있을 것 같습니다. 그러나 냉정하게도 정말입니다. 그래도 가만히 귀 기울여 보세요. 1루에 발을 디딘 당신에게 환호가 쏟아지고 있습니다. 물론 저의 박수도 함께입니다. 수험생 여러분들 고생 많았습니다. 진심으로 축하합니다!

**쌍딸**
@sospinyourlife

•••

법에 저촉되지 않는 이상 뭐든 다 해도 되는 나이군요. 님이 지금 당장 유모차를 타고 길거리를 활보해도 화제는 좀 될지언정 아무런 문제가 X입니다. 아자아자.

> **Q.**
>
> 언니 뜬금없지만 23살 어린 거 맞겠죠? 괜히 불안하고 그래서…

💬    🔁 804    ♡ 224    ↥

# 오리배무한제공참말사건

## \\ 너무 치열하진 마 /

대한민국에 사는 사람들은 거의 다 수능 한 번쯤 쳐본다. 안 치는 사람도 있고, 한 번 치는 사람도 있고, 좀 슬프게도 두 번 세 번, 그 이상 보는 사람들도 있다. 물론 나도 쳤다. 난 한 번 쳤음. 어쨌든 대학 갈 날을 기다림과 동시에 피하고 싶다는 모순된 감정으로 학창 시절을 보냈다.

나는 수시를 넣었다. 수시 준비하는 동안 토할 것 같았다. 잠도 못 자고 자소서를 썼다. 여기에 가야 하나, 저기에 가야 하나, 매일 머리를 쥐어뜯었다. 그러다가 적절하게 상향 두 군데, 적정 세 군데, 하향 한 군데로 황금 밸런스를 맞췄다. 고3 때 국어 선생님께서 나보고 수시 어디 냈냐 물으시더니 학교 하나 듣고 너는 광탈도 아니고 UFO 탈락이라 그랬다. UFO 탈락이 뭐예요? 되물으니 옅은 노란색 선글라스 알 너머로 날 똑바로 보고 싱긋 웃으면서 말씀하셨다. 그건 빛보다 빠른 탈락이다.

그런데 놀랍게도 합격했다. 좀 부족했던 성적을 꾸역꾸역 면접으로 비벼서. 붙을 거라고 생각도 안 했다. 근데 붙었다. 조회하고 합격 두 글자 보자마자 침대에서 굴러떨어졌다. 멍이 시퍼렇게 들었는데, 그때는 아픈 줄도 몰랐다. 그날 엄마가 교촌치킨을 사줬다. 한국인은 원래 기쁜 날에 닭을 먹어야 하거든.

최저등급을 맞춰야 할 학교가 몇 군데 남았었지만, 제일 상향으로 밀어 넣은 학교에 붙어버린 탓에 수능 날이 하나도 떨리지 않았다. 수능 날 되기 전까지 연필 잡은 일이라곤 친구들이랑 오목 둘 때밖에 없었다. 그래서 수능 앞두고서 수학 몇 번으로 찍을지 수시 붙은 친구들이랑 사다리나 탔다. 그때 2번 걸려서 수학을 2번으로 밀었다.

수능이 하루 앞으로 다가오면 학교에서 수험표를 나눠주고 일찍 보낸다. 예비소집일이라고 부르는 그 날, 친한 친구들이랑 수험표를 받고 카페에 앉아서 빙수를 먹었다. 망고 빙수였던 것 같다. 운명의 장난처럼 둘은 수시 붙은 놈이었고, 둘은 수시 떨어져서 강제로 수능에 인생을 걸어야 하는 놈이었다. 그중에 수시 떨어진 놈이 갑자기 죽고 싶다고 그랬다. 다른 친구들이 야 너 뭐 그런 소리를 하냐. 수시 떨어지면 인생 끝난 거냐. 수능 준비 잘 해놓지 않았냐. 그런 위로를 할 때, 나는 눈치 없이 이왕 죽을 거면 재밌게 죽자고 친구들 끌고 오리배를 타러 갔다.

오리배 타러 가서 친구가 사장님께 구명조끼는 필요 없다고 말하는 걸 뜯어말리고, 오리배 페달을 열심히 밟았다. 물론 밟는 건 대학 붙은 두 놈이 했고, 나머지 수능 쳐야 될 두 놈은 뒷자리에 앉아서 지난 19년의 인생을 회고하는 시간을 가졌다.

바다도 아니었는데, 무슨 망망대해에 떠 있는 것 같았다. 원래 그런 데 가야 득도할 수 있는 거다. 친구 둘은 드디어 이 넓은 세상 속 자신의 고뇌는 먼지 한 톨도 되지 않는다는 것을 깨닫고 자신의 내일을 향해 힘차게 땅을 박차고 날아올랐,다면 좋았을 텐데, 그냥 그러지 못하고 오리배 안에서 서로 죽으라고 장난이나 쳤다. 그러고 나서 기분이 좀 풀렸다. 될 대로 돼라가 됐다. 과정은 좀 이상했지만, 긍정적인 결과를 이끌어냈음에 본인은 매우 만족했,

수능 당일, 수능 성적보다 밥이 더 걱정이었다. 엄마가 수능 날 뭐 먹고 싶냐고 하길래 소불고기랑 미역국을 싸달라고 했다. 우리 여사님은 누가 수능 날에 미역국 먹냐고 타박했지만, 나는 먹고 싶었다. 미역국이 소화도 잘 되고 몸에 좋단 말이야. 그래서 보온 도시락을 이중 삼중으로 싸다가 수능장으로 갔다. 솔직하게 그냥 빨리 밥이나 먹고 싶었다.

점심시간에 친구랑 같이 복도에 책상 붙여놓고 밥을 먹었다. 전날에 이미 메뉴를 서로 공유하고, 반찬을 품앗이하기로 약속했기 때문이었다. 친구는 치즈 돈가스, 나는 소불고기. 신나게 밥을 먹고 있는데 다른 친구들이 우리보고 또

라이냐고 그랬다. 우리 어차피 수시 붙음ㅋ. 밥 먹다가 처맞았지만, 어쨌든 맛있었다. 미역국 먹고 쳤는데, 평소보다 점수가 더 잘 나온 건 진짜 도대체 왜 그랬는지 모르겠다.

수능이 끝나고, 구명조끼 없이 오리배 탈 뻔했던 친구는 대학에 붙었다. 걔는 지금 취직도 해서 멀쩡하게 직장 잘 다닌다. 어떤 친구는 재수하고, 어떤 친구는 삼수까지 했지만, 다들 자기 인생 나름 재밌게 잘살고 있다. 돌이켜 보면, 정말 별것 아니었다.

수능이라는 시험에서 모두가 좋은 결과를 얻지는 못했을 것이다. 바라는 것이 많았던 만큼 실망도 컸고, 원하는 것이 많았던 만큼 자괴감도 컸을 것이다. 하지만 나는 수능이 그냥 버스 정도라고 생각한다. 대입이 아니라, 성공의 유일한 기회가 아니라, 그냥 정류장에 앉아서 기다리는 버스 정도. 수시 붙었던 사람이 이런 말 하면 재수 없을 수도 있겠지만, 아무튼 나도 입시는 진절머리 나게 겪어봤으니까.

나도, 재수한 친구도, 삼수한 친구도, 훗날엔 결국 다 좀 허무해졌다. 낭연히 오는 걸 갖다가, 기다리는 동안 안 올까 봐 그렇게 마음을 졸였구나. 다 똑같다. 대입이든, 취업이든, 원하는 걸 낚아챌 때까지 기다리는 시간은 인생에서 건너뛸 수 없다. 후회는 없을 수 없겠으나, 그 흔적이 뿌듯해 보이는 날은 분명히 온다. 쏟은 만큼 후회는 깊고, 깊은 만큼 자랑스러워지는 때는 분명히 온다.

군이 치열할 필요는 없다고 생각한다. 막 그렇게까지 치열하지는 않아도, 삶은 언젠가 내가 쌓아온 것들을 배로 갚아주는 순간을 준비해 놓았다고 믿기 때문이다. 수능 날 미역국 먹어도 큰일 안 나는 거 보셨죠. 그러니까 그냥 차곡차곡, 나름의 재미를 느끼면서 살면 됩니다. 아좌좌!

# 상실을 이기는 방법

## 없는 듯

 

지독한 현실주의자인 엄마, 의외로 종종 나한테 뜬구름 잡는 것 같은 질문을 던질 때가 있다.

진짜 저승이라는 게 있을까?

뭔 소리야.

천국이 있고 지옥이 있고 그럴까?

나는 내세나 신 같은 거 안 믿는다. 그래서 항상 그렇게 대답했다.

그런 게 어딨노 죽으면 끝이지.


2020년 8월, 이모가 세상을 떠났다. 퇴근하고 나오는데 전화 와서 받았더니 부고 소식이었다. 다리에 힘이 풀려 몇 번이고 넘어질 뻔했던 걸 겨우겨우 기다시피 해서 집에 들어갔다. 엄마 기절해 있을까 봐.

하나도 안 믿어졌다. 왜냐면, 불과 이틀 전에 이모는 당신 집에 에어컨이 고장 났다고 우리 집에서 주무시고 가셨기 때문에. 내가 좋아하는 떡을 사 오셔서 나는 냉면 시켜드렸는데. 비냉보다 물냉이 좋다고 하셔서 물냉으로 시켜드렸는데. 면 자르는 거 싫다고 하셔서 딱 한 번만 잘라드렸는데. 칫솔 색깔 뭐 드릴까요, 물으니까 나 그런 거 신경 안 쓴다고 하셔서 핑크색 드렸는데. 야 이 칫솔 좋다, 그러시길래 내가 그거 주문해 드리겠다 했는데. 이틀 전에.

사인은 자살. 장성한 딸 아들, 시집 장가 다 보내놓고 예쁜 손녀까지 두고 이제 안락한 노후 즐길 일만 남은 이모가 자살을 했다. 아무도 몰랐던 우울증 때문에. 이미 날이 넘어간 새벽, 장례식장에 다 모인 가족들은 아무도 대화하지 않고 각자 울었다. 나는 좀 덜 울기 위해 노력했다. 엄마가 울다 쓰러지기를 반복해서.

우리 모두 악몽 같은 장례식장에서 나와서, 결국은 일상으로 돌아가야 했다. 이모부는 이모의 마지막 숨이 묻어있던 집으로 돌아가야 했고, 사촌 언니와 오빠는 딸내미를 유치원에 보내러 가야 했다. 삼촌은 직계 가족의 상이 아니라는 이유로 장례식장을 끝까지 지키지 못했다. 회사에 제출해야 된다고 사망진단서를 찍으면서 그렇게도 우셨다. 나는 다행히 직장에서 이해해 줘서 상을 다 치렀지만, 이모를 화장하고 납골당에 모시고 난 다음 날 바로 출근했다. 일하면서 웃음이 필요한 순간에는 꾸역꾸역 웃으면서 일했다. 그리고 집에 돌아와서는 엄마랑 또 울었다.

할아버지 보내드릴 때 나는 고작 다섯 살이었다. 입관할 때 엄마는 내 손을 잡고 많이 울었다던데, 나는 하나도 기억이 안 난다. 그래서 아직 한 번도 누군가를 잃어본 적 없는 셈이있다.

상실은 어떻게 이겨내야 하는 거지?

나는 똑똑하다는 소리를 들으면서 살아왔다. 한 번도 답이 나오지 않는 물음 때문에 헤매본 적이 없었다는 뜻이다. 그래서 정말 노력했다. 답을 찾고, 이겨내 보려고. 그런데 번번이 무너졌다. 정말 번번이 졌다. 답이 안 나왔다. 퇴근하고 이빨 잘 닦다가 이모가 딱 하루 썼던 칫솔을 보고 울었다. 냉동실 문을 열었다가 이모가 넣어둔 떡을 보고 울었다. 집에서 10분 걸리는, 이모 집 가는 길목에 있는 파리바게트를 지날 때마다 울었다. 내 손을 보고도 울었다. 이모는 내 손을 자주 잡았다. '너 어렸을 땐 손이 정말 오동통했는데' 하면서. 그럴 때마다 엄마가 내 등을 두드렸다.

시간만이 이걸 해결해 준다. 그렇게 말하는 엄마도 울고 있었다.


해가 바뀌었고, 이모가 떠났던 그 계절이 다시 온다. 아직도 나는 핑크색 칫솔을 보면, 검은콩이 박힌 찰떡을 보면, 파리바게트를 보면, 냉면을 보면, 내 손을 보면, 이모가 생각난다. 그래도 울지 않는다.

조카만 봐도 이모 생각이 나서 못 볼 것 같았던 나는, 이제 이모를 생각하며 조카한테 용돈 준다. 신사임당 딱 박힌 걸로다가. 이놈의 새끼들 잘 커라. 건강하게. 웬만하면 착하고 똑똑하게, 같은 말들을 하면서. 납골당에서 눈물에 푹 젖어 찢어진 종이처럼 헤어졌던 가족들은 저번 명절에 이모를 떠올리며 전을 부쳤다.

아 이 꼴 해놓은 거 보면 어머님이 뭐라 할 텐데. 이모 상 차려드리는 건데 이해해 주시겠죠. 아니, 울 엄마는 봐주고 그런 거 없다.

함께 웃으면서 명태전을 구웠다. 모두 제법 잘 견뎌내는 중이었다. 물론 안 울지는 않았지만, 그 정도면 충분했다. 다음에는 좀 덜 우는 걸로 우리끼리 쇼부 봤다. 진도가 너무 빠르면 그것도 이상하다.


그렇다면, 내가 상실을 이겨낸 인간의 신화를 기어코 써내는 데 성공한 걸까? 그건 아니다. 단언컨대, 상실을 이겨낼 수 있는 인간은 없다. 인간은 상실이라는 거대한 슬픔 앞에서 필연적으로 패배할 수밖에 없다. 사랑하는 이가 떠났다고 해서 그 사람을 없었던 셈 칠 수 없고, 내가 받았던 사랑과 내가 준 사랑을 없었던 셈 칠 수 없다. 세상의 모든 것이 사라진다고 해도, 마음을 사용한 흔적만은 지독하다 싶을 만큼 뻔뻔하게 남아있기 때문이다.

다만 견뎌낼 뿐이다. 흉터처럼 남은 마음의 흔적을 사랑의 역사로 여기며 살아갈 뿐이다. 나는 내가 잃은 사람을 여전히 잊지 못하고, 가끔은 일부러 기억하고, 가끔은 어쩔 수 없이 운다.

근데 그러면서 알았다. 상실은 이기는 게 아니라는 것을. 엄마가 상실에게서 승리를 쟁취해 내고 일상을 살아가는 게 아니라는 것을. 할아버지가 떠난 지 20년이 넘은 지금도, 엄마는 상실을 견디는 중이라는 것을. 원래 인간은 그렇게 산다는 것을. 그렇게 살아가도 된다는 것을.


얼마 전 비 오고 나서 파랗게 갠 하늘 보면서 엄마가 또 물었다.

저승이라는 게 있을까? 사람이 죽으면 진짜 어딘가로 가는 걸까?

나는 여전히 내세나 신을 믿지 않는다. 근데 대답을 바꿨다. 상실에 패배한 사람의 마음을 알게 됐으므로. 상실을 견디는 사람의 마음을 알게 됐으므로.

몰라. 안 죽어봐서. 엄마가 나중에 죽으면 할아버지랑 이모한테 직접 물어봐봐.


상실을 이겨내는 방법, 없는 것 같다. 근데 그래도 괜찮은 것 같다. 제가 져 봤는데, 그렇더라고요.

# 상실을 이기는 방법 2

## 잘 먹고 잘 살아라

나에게는 10년 넘은 친구들이 여덟 명 있다. 교복 입을 때부터 알고 지내 각자 피똥 싸면서 대학 가는 거 보고, 사회인이 되어 밥 벌어먹는 것까지 보게 된 오랜 친구들이다.

솔직하게 말하자면, 친구에 대해서 진지하게 생각해 본 적이 없다. 그냥 커피 한 잔 마시자고 부르면 나오고, 밥 한 끼 먹자고 부르면 나오고, 퇴근하고 심심하다고 부르면 나오고, 여름 휴가 때 할 거 없다고 부르면 짐 싸서 기차역으로 나오는 게 친구지.

근데 이제 여덟 명이서는 그 짓들을 못 하게 됐다. 친구 하나가 죽었기 때문이다. 사인이 나를 미치게 하는데, 자살이었다. 비 오는 날 옥상에서 떨어져 죽었다. 아침에 일어나서 다른 친구한테 부고 소식 듣고 처음으로 뱉은 말은 '미친 년'이었다.

교복 입던 시절에 만나 술만 퍼마시던 대학 시절은 지났고, 이제 다들 취업하고 자리 잡아가느라 연락도 자주 못 하던 참이다. 내 인생이 제일 힘들다고 생각해서 이기적이게도 고단한 타향살이 하는 친구 안부도 잘 묻지 않았다. 학창 시절에는 그렇게 징그럽게 붙어 다녔는데, 생각해 보니 마지막으로 같이 사진 찍힌 게 2년 전이었다. 나는 정말 후회를 안 하는데, 이건 너무 후회가 돼서 미치기 일보 직전이었다.

참 용감한 친구였다. 마음속에 있는 뜨거움과 튼튼한 몸뚱어리 하나만 믿고 가족, 친구 그 누구도 없는 타향에서 꿋

꿋하게 살아가던 친구였다. 그런데 마지막도 그렇게 용감할 줄은 몰랐다. 생애 마지막으로 낸 용기가 그것이라면 내가 칭찬을 해줘야 함이 마땅할 텐데, 도저히 그런 말이 나오지가 않았다. 그 높은 곳에서 땅바닥을 내려다보고도 용기가 날 정도로, 다시 타박타박 내려가서 살아가야 할 인생이 더 무서웠던 모양이다.

사는 게 도대체 뭐길래. 나는 그런 거 생각 안 하면서 살았다. 그냥 살면 살아지는 게 삶이니까. 근데 걔한테는 그냥 살아지는 게 아니란 걸 몰랐다는 게, 그게 사무치게 미안하다. 미안하고 또 미안해서 결국 화가 난다. 따지고 싶은 게 너무 많다.


수능 끝나고 다 같이 반지를 맞췄을 때, 돈 벌면 금으로 맞추자고 했잖아. 그 시간이 벌써 훌훌 지나 이제 진짜 금반지 맞추기로 한 때가 다가오고 있는데, 금값 오른 거 보고 돈 아까워서 갔냐. 의리 없는 새끼.

누가 결혼하면 무조건 축가는 우리들이 불러주기로 했잖아. 아직 시집간 친구가 없어 축가도 한 번 못 불러봤는데,

*그거 쪽팔려서 먼저 갔냐. 의리 없는 새끼.*

여름방학 때 물놀이 갔다가 우리 집 왔을 때 우리 엄마가 국수 해준 거 기억나냐. 엄마가 국수 또 해준다고 놀러 오라고 했잖아. 그거 한 번을 얻어먹으러 안 오고 결국 제삿밥 먹겠다고 홀랑 가버렸냐. 의리 없는 새끼.

야, 사는 게 그렇게 좆 같았냐? 근데 왜 말을 안 했냐. 그걸 혼자 다 짊어지면서 살았냐. 의리 없는 새끼.

다들 바쁘게 사느라 날 맞춰서 다 같이 모일 시간 한 번 없었는데, 결국 네 장례식으로 자리를 만들어주냐. 진짜 의리에 살고 의리에 죽는 새끼.


타지의 장례식장에서 오랜만에 모인 친구들은 말이 없었다. 술 한 잔도 못 마셨다. 그냥 얼굴만 쓸어내리다가 어쩔 수 없이 발인 못 보고 먼저 가는 친구가 있으면 조심히 가라는 말 한마디나 할 뿐이었다. 이제는 친구 대신 챙겨드려야 할 어머니의 손을 꼭 붙잡으면서 다들 눈물을 참았다.

우리 징그러운 친구들은 결국 그 아담했던 친구가 더 아담한 항아리 하나에 담길 때까지 있었다. 너무 많은 말과 감정들이 머리를 채워서, 끝내 머리가 터져버린 것 같았다. 그래서 아무런 말과 감정도 남아있지 않았다. 발인 끝내고 어머니께서 사주시는 밥을 얻어먹으면서 다들 하하호호 웃었지만, 어차피 집 가는 차, 기차, 버스에서 증발할 웃음이었다.

시간만이 이걸 해결해 준다. 이미 배워서 알고 있었다. 그런데 도대체 언제 해결해 주는지는 모른다. 너무 늦게 해결해 준다면 어떻게 되는지도 모른다. 나는 가족을 잃은 지 얼마 되지 않아 친구도 잃었다.


나는 사랑하지 않으면서 사는 줄 알았다. 내가 성인은 못 되더라도, 미련 같은 건 없는 쿨한 인간인 줄 알았다. 찌질한 짓 같은 건 하지 않는 쿨한 사람인 줄 알았다. 그런데 그게 아니었다. 산다는 건 무엇이든 간에 사랑한다는 것이고, 사랑한다는 건 찌질한 것이라는 걸 드디어 깨달았다. 내가 진지하게 생각해 본 적 없던 친구는, 사실 내 사랑의 목적지였다는 것을 드디어 깨달았다. 내 마음은, 내 사랑은 목적지 중 하나를 잃은 채 떠돌고 있었다. 그게 견디지 못할 만큼 괴로웠다.

친구 영정 사진 앞에 앉아서 한 말은 '잘 먹고 잘 살아라.'였다. 도대체 저승에 뭐가 있길래 그렇게 빨리 갔는지. 뭐가 그렇게 재밌는 게 많길래 우리를 놔두고 먼저 갔는지.

그래도 나는 아직 갈 생각이 없다. 나는 아마 쭈글쭈글한 노인의 모습을 한 채 젊은 날의 친구를 만나겠지. 이 새끼 없는 동안 욕도 실컷 하다 갈 거고, 우리끼리만 재밌게 잘 먹고 놀다 갈 거다. 정말 보고 싶어도, 꾹 참으면서 꾸역꾸역 살다 갈 거다. 나는 쏟아부어야 할 것들이 아직 많이 남아있기 때문이다. 나는 좀 더 찌질하고 구질구질하게 살아갈 것이다. 목적지를 잃은 내 사랑을 다시 주워 담아, 또 어딘가에 쏟아부으면서.


그러니까 그동안 잘 먹고 잘 살면서 기다려라. 나도 잘 먹고 잘 살다가 갈게.

# 퇴사하겠습니다

## 도망치는 건 부끄럽지만
## 때로 도움이 된다

결론부터 말씀드리자면, 예. 퇴사하게 됐습니다. 직장을 때려치우게 됐다, 백수가 되게 됐다, 그 말입니다.

사실 내가 퇴사할 줄 몰랐다. 평소에 퇴사하는 주변 사람들 보면서 도대체 왜 하는지 의문을 가지기까지 했다. 사람 인생이라는 게 어차피 스무 살 넘어서부터 모든 순간이 난관인 것을, 굳이 유별나게 힘에 겨워 넘을 수 없는 난관이라는 건 없다고 생각했다. 땡, 아니었습니다. 인간은 지구력으로 더 빠른 동물을 사냥한 종이지만, 그렇다고 해서 그 지구력이 무한은 아니라는 것을 잠시 잊은 나의 패착이었다.

대학생 때부터 나름 바쁘게 살았다. 매 학기 헤르미온느 뺨치는 시간표를 소화했으며, 아르바이트는 성인이 된 이래 단 한 번도 쉬어본 역사가 없었다. 편의점 알바, 식당 알바, 과외를 취업 전까지 했다. 그때부터 이미 돈미새(돈에 미친 새끼) 소리를 들었다. 니 돈에 미쳤냐? 어, 돈에 미쳤다. 그냥 꽁돈은 당연하게도 사랑스럽지만, 내가 일해서 직접 버는 돈도 너무 좋았다. 그렇다고 해서 생활력이 막 강한 편은 아니었다. 들어오면 들어오는 대로 다 써재꼈다. 그게 재밌었다. 돈 쓰는 게 너무 재밌어서 돈 버는 걸 멈출 수가 없었다.

그래서 나는 인생에서 백수였던 기간이 없다. 졸업장 받기도 전에 취직해서 출근했다. 친구들 취준할 때는 돈 벌었고, 친구들 신입사원일 때는 더 많은 돈을 벌었다. 일하는 것도 재밌었나. 힘들지 않았다고 하면 택도 없는 구라이겠지만, 분명 재미는 있었다. 적성과 흥미를 고려하여 선택한 전공에 맞는 직업을 골랐고, 대우도 잘 받았다. 물론 그 대우를 받을 만큼 일한 것은 부정하지 않는다. 나 진짜 개열심히 일함. 그리고 솔직하게 좀 잘함.

이제껏 일하면서 단 한 번 결근한 적조차 없다. 일에 능숙해지기 전까지는 매일 남들보다 일찍 출근하고 남들보다 늦게 퇴근했다. 내 손이 필요하면 무조건 보탰다. 어떨 때는 일을 더 가져오고 더 만들었다. 퇴근하고도 일했다. 일하지 않을 때도 어떻게 하면 더 일을 잘할 수 있을까 고민했다. 그 어떤 말보다 유능하다는 말이 가장 큰 힘과 위안이었다. 그렇게 살다 보니 20대 후반에 이미 3~4년 정도는 앞서 나간 커리어와 직위와 연봉을 얻었다. 출근해서는 아무도 나를 의심하는 사람이 없었고, 퇴근해서는 누구나 나를 칭찬했다. 내 능력의 확신과 그에 합당한 보수. 이것만 있으면 완벽하게 행복할 줄 알았다.


근데, 그랬겠냐고요. 그랬으면 내가 퇴사를 했겠냐고요. 뭐든 잘 풀리고 있었는데, 어쩌 고장이 나버렸다. 직장을 다니고 나서 살은 계속 빠졌고, 위염은 나아질 기미가 안 보였다. 시간이 갈수록 무기력해졌다. 소음에 예민해져서 차 지나가는 소리만 들려도 귀를 막았고, 잠이 오지 않아 밤을 꼬박 새우고 출근하는 날도 늘어났다. 어느 날부터는 아침에 눈 뜨는 게 싫어졌다. 출근길에 신호등 건너다가 그런 생각을 했다. 아 지금 딱 차에 치이면 출근 한동안 안 해도 되는데. 근데 내가 입원하면 내 일은 누가 하지? 그래서 다음 날 바로 정신과에 갔다. 정신과에서는 우울증, 공황장애, 번아웃 그런 것들이 다 한꺼번에 겹친 것 같다고 했다. 일로 인해 힘들어하는 건 이 세상 사람들 모두 매한가지니 그냥 병원에서 시키는 대로 살면 금세 나아질 줄 알았다. 근데 직장에서 일하다가 공황장애로 인해 쓰러지고 나서야 알았다. 안 낫는구나. 씨X.

사실 정신적인 평화를 얻기 위해 안 해본 일이 없다. 인테리어도 싹 다 바꿔봤고, 취미 생활에는 더 많은 돈을 투자했다. 친구들은 더 자주 만났고, 갖고 싶은 게 있으면 가격 생각 안 하고 그냥 샀다. 근데 그렇다고 해결되는 일이 아니었다. 이미 일상의 균형을 찾는 법을 잊어버려서 하루하루가 그냥 나사 몇 개 풀린 채로 삐걱거리면서 굴러갔다.

직장인으로서의 내 삶이 뭐 특출나게 연민받을 만큼 가혹했다고는 생각하지 않는다. 객관적으로 봤을 때는 오히려 괜찮았다고 생각한다. 근데 다만, 내가 요령 없이 살았을 뿐이었다. 아파도 출근했고, 출근하려고 안 아팠다. 가족상 치르고는 다음 날 출근했고, 절친한 친구의 장례식은 아침에 발인 끝나자마자 달려와서 출근했다. 개인적인 사정으로 일을 뒤로 미룬다는 걸 고려조차 해본 적 없다. 무슨 책임감을 병처럼 짊어지고 살았다. 세상에 나를 대체할 수 있는 건 없다는 것처럼. 그게 내 어떤 면을 채워줬을지는 몰라도, 결국엔 다른 면은 비워내게 만들었다는 걸 너무 늦게 알았다.


나한테는 일을 그만둔다는 선택지 자체가 아예 생성되어 있지 않았다. 그래서 더 괴로웠던 것 같다. 내가 어지간히 불행해 보였던지, 어느 날 우리 여사님께서 나한테 말했다. 야 그러지 말고 그냥 일을 관둬라. 아니 우리 여사님 2년 전에는 나보고 질질 짜지 말고 돈 벌러 가라면서요. 근데 사실

그때는 좀 엄살 피운 게 맞다. 직장인이면 한 번씩 오는 마의 시기를 이겨내느라 좀 그랬다. 그거 버티고 나니까 퇴사했으면 큰일 날 뻔했다는 생각밖에 안 들었다. 역시 엄마 말들으면 자다가도 떡이 생긴다.

근데 이번에는 여사님 눈에 내가 일할 상태가 아닌 게 딱 보인다고 했다. 저거 저러다 큰일 나겠는데. 좀 쉬어야겠는데. 그런 생각이 들었다고. 그만두는 게 어떻겠냐는 얘기를 들었을 때 충격을 받았다. 내가? 일을? 그만둔다고?? 무슨 물음표 살인마처럼 혼자 중얼거렸다. 일을 그만두면 나를 잃을 것 같았다. 매일 하던 일이 없어지면, 난 뭘 해? 여사님이 대답했다. 그냥 놀면 되지. 헐. 맞다. 그냥 놀면 되는 거였다. 여사님 천재심?


엄마 말을 들으면 떡이 생긴다는 것을 경험적으로 알아낸 전적이 있는바, 결국 퇴사하겠다는 의사를 전달했다. 몇 번 붙잡히긴 했지만, 내 상태를 알고 있는 고용주님께서 결국 받아들여 주셨다. 퇴사 날짜가 확정됐을 때는 헛웃음이 나왔다. 결국 나만 할 수 있는 일이라는 건 세상에 없는 거였다. 개뿔, 그래 내가 무슨 원 오브 어 카인드도 아니고. 그리고 역설적으로 나를 대체할 사람은 많다는 사실이 위안이 됐다. 나도 쉬어도 되는구나. 그런 생각이 드디어 들었다. 나는 아마 내가 대체할 수 없는 사람이 되었으면 했던 것 같다. 사실 사람은 누구나 그런 존재가 되길 원한다. 그 누구도 대신할 수 없는 특별한 사람. 세상의 단 한 사람. 내가 직장에서 그런 사람이 되기 위해 무던히 애썼지만, 사실은 그런 사람 같은 건 없다. 조직이라는 건 어떻게든 굴러가기 마련이다. 그래서 조직인 것이다.

이제 와서 생각해 보면, 굳이 직장에서 그런 사람이 되기를 원했던 것이 좀 우습다. 이미 나는 누군가에게 대체될 수 없는 사람일 텐데. 바꿔 생각해 봐도 그렇다. 나 또한 그 어떤 사람과도 바꿀 수 없는 사람들을 곁에 너무 많이 두고 있다. 이재용이 와서 내 절친이랑 자리 바꿔 달라고 한다면? 뭐 물론 대한민국 최고의 부자와 절친이 된다는 사안에 대해서 고민은 좀 해보겠지마는, 결국엔 안 바꿀걸. 님 나랑 하루 종일 케이팝 얘기하고 야구 얘기하고 게임하고 유튜브 웃긴 동영상 따라 하면서 놀아줄 수 있어요? 있으면 얘기가 좀 달라지긴 하는데, 그러면 안 되니까 이쯤에서 끝냅시다.

　퇴사하는 건 뭔가 도망치는 것 같다. 도망치기 싫어서 퇴사하고 싶지 않았던 것도 있다. '이겨낸다 X발아'를 이미 뱉었으니까, 정말 이겨내고 싶었다. 근데 뭐 어쩌라고. 내가 도망치겠다는데. 살면서 승률 100%를 기록할 수는 없는 일이다. 페넌트 레이스 1위도 144승은 못 찍는다. 그래도 난 끝까지 살아남을 거야. 이 마인드면 된 일 아니냐고. 아 살아남는 게 먼저라고. 살아남는 사람이 승자라고.

　아무튼 그래서 나는 퇴사를 하게 됐다. 전국 직장인 연합 회원 여러분, 죄송하게 됐습니다. 아마 이 글을 읽고 계시는 지금, 저는 백수인 상태일 것입니다. 퇴직금 타 먹고 탱자탱자 놀고 있는 중일 것입니다. 그래도 이 자식도 언젠가는 다시 직장인이 될 거라는 사실이 위로가 되었으면 좋겠습니다. 여러분께서도 혹시 정말 못 버틸 정도가 되면, 도망치는 것도 고려해 보십시오. 도망치는 것은 부끄럽더라도, 때로는 도움이 된다고 합니다. 후기 남겨드리자면, 저한테는 정말 도움이 되는 것 같습니다.

**쌍딸**
@sospinyourlife

· · ·

제 말이 위로가 됐다니 제가 더 감사해요. 저는 여전히 자신을 괜찮게 여기는 중이고, 다른 사람들도 그러길 바라고 있답니다. 아좌좌!

> **Q.**
>
> 언니 옛날에 라이브 할 때 저 진짜 맨날 들으면서 위로 정말 많이 받았어요. 언니가 그때 내가 나를 괜찮게 여기면 인생이 어떻게든 풀린다는 말을 해줬었는데 그 말이 아직도 생각이 나요. 그때 감사했어요. 덕분에 틈틈이 나는 괜찮은 사람~ 하고 생각해요!

💬   🔁 704   ♡ 224   ↑

# 건강한 육체에 건강한 정신이 깃든다

## 자연사 프로젝트

만병의 근원은 스트레스고 스트레스의 근원은 노동이다. 노동이 사람을 병들게 하는 게 맞다. 직장인이 되고 나서부터 건강을 잃었다. 내가 위장 관련한 질병으로 고생깨나 했다는 것을 주변 사람들은 다 안다. 원래 소화가 잘 안 되는 편인데, 직장 생활 반년도 채 되지 않아 식도염과 위염을 제대로 앓게 됐다. 맞는 옷이 없어질 정도로 살이 빠졌다. 몸에는 안 좋고 입에는 좋은 음식들 좀 먹었다 하면 가차 없이 속이 쓰렸다. 소화가 잘 안 되니 먹는 걸 못 즐기고 먹은 게 없으니까 체력도 없는, 거지 같은 굴레를 벗어나지 못했다.

다행인지 불행인지 나만 그런 게 아니었다. 혼자가 아니라 외롭지 않았습니다. 주변에 돈 벌고 있는 거의 모든 지인들의 몸 상태가 저질이었다. 정말 질적으로 저급했다. 내 곁에는 조금이라도 걸어야 할 기미가 보이면, 그 잠깐이 싫어서 택시에 몸을 실은 채 돈과 체력은 교환이 가능하다는 소리나 하는 사람들밖에 남지 않았다. 물론 택시는 제가 제일 먼저 잡습니다.

그런데 어떤 배신자가 운동을 시작했다. 아침에 겨우 일어나서 돈 벌고 집에 오면 숟가락만 잠깐 들었다가 체력 다 빨려서 엎어져 자는 게 싫다고 했다. 아니, 원래 그렇게 사는 거 아니야? 건강한 사람들은 그렇게 안 산대. 여기서 진짜 머리 위에 벼락 떨어진 것처럼 충격 먹음. 그리고 언젠가부터 퇴근하고 곧장 집으로 안 가고 운동하는 사람들이 점점 늘어났다. 필라테스에 헬스에 요가에… 야 이 배신자들아. 나랑 그냥 몸에 안 좋은 거 실컷 먹고 숨이나 열심히 쉬다가 미련 없이 짧고 굵게 살고 가기로 했잖아.

   퇴사하고 한 일주일 됐을 때. 가만히 앉아서 생각을 좀 했다. 내가 언제부터 삼보택시*가 되었는가. 학창 시절에는 몸을 꽤 잘, 많이 썼던 것 같다. 춤도 췄고, 틈나면 친구들이랑 배드민턴 같은 것도 열심히 쳤다. 야자 튀면 배팅장으로 향했다. 걸으면 한 시간 걸리는 학교까지 친구들이랑 얘기하면서 잘도 걸어 다녔다. 밤을 꼬박 새워도 다음 날 조금 피곤한 정도였고, 대학생 때는 아침까지 술자리에 앉아 있었어도 술 냄새가 좀 날지언정 육신은 괜찮았다. 이날 이때까지 코피 한번 난 적 없고, 뼈에 실금도 간 적이 없다. 그리고 깨달았다. 학창 시절에는 건강하게 살았구나. 근데 지금은 건강하게 살고 있지 않구나. 미친, 그래서 힘들구나.

   정말 부정하고 싶었다. 내가 건강하게 살고 있지 않다는 사실을. 내가 운동 부족이라는 사실을. 아침에 영양제 좀 먹고 간혹 몸보신용 음식 같은 거 먹으면서 입원할 정도로 아프지만 않으면 건강하게 잘 살고 있는 거라고 내 자신을 열렬히 속여왔다. 가장 최근에 땀 흘린 적이 언제였지? 놀랍게도 여름 초입쯤 야구장 갔을 때였다. 응원석도 아니고 테이블석에 앉아서 가만히 있었는데도 더워서 땀 좀 흘렸다. 에어컨 바람 맞으면서 출근해서 에어컨 바람 맞으면서 일하고 에어컨 바람 맞으면서 퇴근하는 직장인으로 살고 나서부터는 여름에 땀 한번 제대로 안 흘리는 사람이 됐다.

백수가 되니 운동할 시간은 많아서 지금 당장 시작하면 되는데, 나는 나를 너무 오래 보고 살았다. 이 인간은 혼자 하면 절대 안 된다. 그래서 엎어지면 코 닿을 곳에 있는 헬스장으로 향했다. 피티를 등록할 생각이었다. 건물 들어가서 엘리베이터 탈 때까지만 해도 아 바로 3대 500 찍어버리면 어떡하지, 이딴 상상을 했는데 어림도 없지. 문 열자마자 기가 팍 죽음. 외힙 비트에 맞춰서 뭔 코끼리만 한 쇳덩이를 들어 올리는 사람들을 보자마자 뒷걸음질 치려고 했는데, 트레이너 선생님이랑 눈이 마주치는 바람에 그대로 착석 당했다. 상담 설문지에 이것저것 체크하는데 하루에 몇 끼 먹냐는 질문이 있길래 약간 고민을 하다 물었다.

굶을 때도 있고 한 끼 먹을 때도 있고 두 끼 먹을 때도 있는데 어떻게 체크해야 됩니까.

그 말 듣고 나를 보던 트레이너 선생님 얼굴을 아직도 못 잊는다. 이때까지 이 일을 하면서 이런 질문을 처음 받아보신다고 했다. 아니 그럼 다른 사람들은 어떻게 살아요? 밥을 챙겨 먹고 살죠. 아하. 그 후로부터 침묵이었다.

인바디 검사 결과는 예측한 대로 처참하기 짝이 없었다. 사람이 무언가를 예측하고 통찰하는 능력이 이렇게나 중요하다. 기댓값을 잘 맞춰놓으면 별로 실망하지 않으며 살 수 있다. 이 능력 덕에 참혹한 결과에도 나는 전혀 실망하거나 충격받지 않을 수 있었다. 그러나 트레이너 선생님은 아니었는지 기초 대사량이 어린이 수준이라며 말끝을 흐렸다. 상담을 마치고 앉은 자리에서 바로 피티 등록을 했다. 계좌이체로 15회 수강권 금액을 쏘고 운동 목표 칸에 해맑게 '자기계발^_^' 이딴 거 휘갈길 때만 해도 몰랐다. 내 인생에서 결코 느껴본 적 없는 극심한 강도의 물리적 고통을 체험하게 될 줄을.

운동이 운동이지 뭐. 살면서 운동 안 해본 사람이 어디 있겠냐고. 귀찮아서 그렇지 하면 다 된다. 감히 그런 생각을 했다. 내가 원래 화는 못 참아도 나에게 가해지는 물리적 고통은 잘 참는 사람이다. 학창 시절에도 엄살 하나 안 피우고 소리 하나 안 내고 묵묵히 벌 받았다. 잘 참아야 빨리 끝나니까. 근데 첫 피티 날 마스크 안으로 쌍욕이 터졌다. 참아도 참아도 끝이 안 났다. 어느 정도 지났나 싶어서 시계를 봤는데 한 20분 지나 있었다. 트레이너 선생님은 다섯 개만 더 하자고 해놓고 갑자기 여섯을 세는 기술로 나를 절망의 늪으로 밀어 넣었다. 옆에서 트레이너 선생님이 가보자고! 가보자고! 할 때마다 땀인지 눈물인지 분간 안 되는 걸 뚝뚝 떨어뜨리면서 가보입시더. 가보입시더. 했다. 꾸역꾸역 하자는 대로 다 따라가다가 헛구역질이 나왔을 때, 처음으로 제대로 된 문장을 구사했다. 저 헛구역질이 나는데 이거 원래 이런 건가요. 트레이너 선생님은 그제서야 황급하게 휴식을 권했다.

운동 첫째 날에는 귀가 중 다리에 힘이 풀려서 길바닥에 엎어졌다. 운동 둘째 날에는 신체를 자유롭게 움직일 수 없어서 근육통 약을 먹었다. 명절에는 조상님 제사상 앞에 두고 절하다가 영영 일어나지 못해서 조상님과 영적인 만남을 이룰 뻔했다. 운동을 시작하고 나서 하루라도 몸이 아프지 않은 날이 없었다. 그럼 정신은 어떻게 됐는가. 정말 놀랍게도 건강해졌다.

사실 건강해졌다는 표현이 맞는 표현인 건지 모르겠다. 그냥 단순해졌다고 보는 게 더 정확할 것 같다. 아침에 눈을 뜨면 몸이 아프다. 그래도 밥은 먹어야 하니까 아침을 먹는다. 아침 먹었으니까 세 시간 지나면 운동한다. 운동하면 힘들다. 운동 끝났으니까 프로틴을 먹는다. 시간 되면 점심 먹는다. 또 때가 됐으니까 저녁 먹는다. 피곤하니까 자빠져 잔다. 아침에 눈 뜨면 몸이 아프다. 진심으로 맨날 이 지랄을 하면서 사니까 다른 생각이 끼어들 겨를이 없다. 요즘 어떻게 하면 힘이 세지나, 저런 거 들려면 운동 얼마나 해야 되지. 이런 생각밖에 안 하고 산다.


그래서 운동하는 거 괜찮냐고 묻는다면, 그럭저럭 괜찮다고 대답할 수 있겠다. 나의 한계를 어쩌고, 나를 돌파 저쩌고, 그런 거창한 긴 모르겠고. 운동을 하면 무슨 도파민,

엔도르핀, 세로토닌 그런 게 분비된다고 하던데, 운동을 통해 매우 긍정적인 정신 상태에 돌입할 수 있다는 점이 실제로 체감되어 매우 만족스럽다. 한 3주째였나, 운동 끝내고 나왔을 때 상쾌한 느낌이 들어서 잠시 당황한 적도 있다. 몸 상태도 그 전에 비해 양호해졌다. 근 몇 년 동안 이렇게 잘 먹고 잘 자고 잘 싼 적이 없다.

그리고 마침내 나는 내 사인이 자연사였으면, 하는 작은 소망을 품게 되었다. 뭔가 이대로 살면 정말 건강해질 수 있을 것만 같은 희망이 보인다. 건강하게 오래오래 살아야지. 건강하게 오래오래 살면서 야구장 가서 최고령 관중으로 중계 잡혀야지. 저는 건강하게 수명대로 살다가 자연사하겠습니다. 근데 트레이너 선생님. 다섯 개만 더 하자고 해놓고 아무 일 없었다는 듯이 여섯 세고 결국 열 개 시키는 거 제발 안 하면 안 되나요.

● **삼보택시**: 3보 이상 보행해야 하는 상황이면 택시에 탑승하는 사람을 일 컫는 말

# 3장

# 이쪽저쪽 무한으로

# 떨겨요

# 야구팬 된 썰 푼다

## 그렇게 된 게 아니라
## 그렇게 태어난 겁니다

사람들이 종종 나한테 어쩌다 야구를 보게 됐냐고 물을 때가 있다. 어쩌다 그렇게까지 됐냐는 안타까움의 물음일 때도 있는데, 진짜 궁금해하는 경우도 있다. 그럼 나는 그냥 그렇게 대답한다.

눈 떠보니까 대구였어요.

사실 아주 어렸을 때는 부산에서 살았다. 그대로 부산에서 살았으면 롯데 팬이 됐을지도 모르는 일이다. 여기서 중요한 점은 '무조건 야구를 본다'라는 사실을 전제한다는 것이다. 야구 인기 많은 도시에서 야구 인기 많은 도시로 이사한 거 보면 그냥 어쩔 수 없는 운명이고 전생의 업보이다.

연고지를 바탕으로 하는 프로야구 특성상, 그 도시에 야구단이 있다면 야구 인기가 높을 수밖에 없다. 그냥 대구 사람이면 삼성 야구를 보는 게 당연했다. 대구 사람인데 삼성 라이온즈를 안 좋아한다고? 니 이사 왔나? 그만큼 야구 보는 게 당연했다. 추석이니 설이니 명절에 큰집 가면 야구 틀어놓고 있었고, 학교 가면 전부 다 야구 얘기를 했다. 수학 시간에 할푼리 배울 때 이승엽 타율 비유 안 들어본 대구 사람 찾기가 아마 더 힘들 것이다. 야구 관심 없던 몇 안 되는 사람들도 금메달의 신화를 쓴 2008년 베이징 올림픽이 끝나니 다 야구를 보기 시작했다. 그렇게 연고지 빨과 올림픽 버프에 힘입어 나는 완전체 야구팬으로 거듭났다.

살다 보면 내가 정할 수 없는 게 몇 있었다는 걸 깨닫게 된다. 고향, 부모님, 키 같은 것들. 근데 난 그중에 야구도 있었다고 생각한다. 지역과 시기가 기가 막히게 떨어져서 그냥 야구라는 운명을 가장한 저주 속으로 빨려들었다고밖에는 설명할 방법이 달리 없다. 어떡하겠냐고. 야자 째고 시민 구장에 야구 보러 가는 세대였다고. 하고많은 것 중에 하필 야구가 내 기본 스탯*에 찍혀 있었다는 게 좀 억울하긴 해도 어쩔 수가 없는 일이다.

그래도 야구 보는 게 행복했다. 삼성 라이온즈가 4년 연속 통합우승을 이뤄내던 왕조 시대가 내 학창 시절이었다. 그때는 야구를 너무 잘해서 딱히 열 올리며 보지도 않았다. 중간중간 스코어 확인하고 경기 결과나 봤다. 이기고 있다? 오늘 경기 이겼네. 지고 있다? 알아서 하겠지. 이겼다? 그럼 그렇지. 졌다? 지는 날도 있겠지. 야구를 그렇게 대충 봤다. 삼성의 미래를 알았다면 그때 그렇게 안일하지 않았을 것이다. 내 청춘을 다 바쳐서 머리띠 두르고 야구장에 텐트 쳐 놓고 모든 승리의 기쁨을 만끽했겠지. 근데 사람이라는 게 참 어리석어 내가 누리고 있는 모든 게 영원할 거라고 생각하기 때문에 훗날 예고 없이 덮쳐오는 쇠락을 견디지 못하는 것이다.

바야흐로 2015년이었다. 삼성 팬들은 2015년이라는 말만 들어도 뒷목이 당길 것이다.

요약: 해외 원정 도박으로 팀 주요 전력 선수들 줄줄이 떨어져 나가고, 결국 한국시리즈 우승 놓침.

나는 그때 가지고 있던 유니폼을 버렸다. 그때 당시 입고 나갈 수 없는 선수의 이름이 등판에 박혀 있었기 때문이다. 그리고 맹세했다. 다시는 유니폼에 마킹 안 해야지. 그리고 야구 다시는 안 봐야지.

하지만 야구의 저주라는 게 그렇게 호락호락하지 않다. 그렇지 않다면 야구 보는 사람들이 이걸 저주라고까지 표현할 리가 없다. 2015년 한국시리즈에서 좌절을 맛보고, 삼성은 몇 년간 바닥을 기는 순위를 기록했다. 흔히들 말하는 암흑기가 찾아온 것이다. 이때 저주의 효과가 본격적으로 발동한다. 몇몇 선택받은 이들은 이 저주를 피할 수 있었으나, 나는 애석하게도 선택받지 못했다. 그래서 4년 연속 통합우승을 하던 기적 같은 팀이 5년간 99688이라는 순위를 찍는 동안 야구를 끊지 못했다. 모든 경기를 다 봤다. 심지어 그때 라이온즈 파크라는 기깔나는 새 구장이 지어져서 직관도 존나 많이 갔다. 아무리 생각해도 제정신이 아니다. 다시 시간을 돌린다면 그때 야구 안 보고 자기 계발에 열정을 쏟으며 생산적인 하루하루를… 살 자신은 없습니다. 그냥 또 야구 볼 듯. 이게 저주가 아니면 대체 뭐냐고.

다시 말하지만, 난 야구를 '보게 된' 게 아니다. 야구를 볼 수밖에 없는 저주를 안고 태어난 것이다. 어쩔 수 없다. 피 한 방울 안 섞인 선수들의 패배에 그들보다 더 큰 울분을 토하고, 승리에 더 큰 전율을 느낀다. 내가 언제 한번 말한 적이 있다. 야구를 본다는 건, 고도의 집중력으로 팀과 나의 자아를 완벽하게 일치시키는 행위라고. 사실 이게 안 되는 사람은 애초에 스포츠를 안 좋아한다. 야구 안 본다. 내가 직접 하는 것도 아닌데 뭐 그렇게 목숨 걸고 보냐는 식이다. 제 말이 그 말입니다.

누군가 야구를 왜 보냐고 물었을 때 대답할 멋들어진 답변이 떠오르진 않는다. 열정? 의리? 그런 건 잘 모르겠다. 그냥 야구 볼 때의 느낌은 야구 볼 때밖에 느낄 수가 없다고밖에는. 그러니까 잘 좀 하세요. 나는 어떻게 하든 야구 볼 팔자니까. 지금 이거 쓰고 있는 현재, 삼성 10연패 중. 겨우 우천 취소로 11연패 면함. X발. 연패 끊을 때까지 본다. 니들이 이기나 내가 이기나 해보자.

참고로 본인은 삼성과의 대결에서 한 번도 이겨본 적이 없습니다. 왜냐면 아직도 야구 못 끊고 고통받고 있기 때문입니다. 여러분도 이렇게 되지 않도록 주의하십시오.

● **스탯**: RPG를 비롯한 각종 게임에서 캐릭터에게 필요한 특정 능력치에 이름을 붙이고 계량화한 것을 일컫는다.

쌍딸
@sospinyourlife

··· 

야구는 사탄이다 나를 세 시간 내내 개
또라이급의 고통에 몰아넣다가 마지막
에 동점 만들더니 이길까 말까 이길까 말
까 간 존나 보면서 원아웃 만들고 결국 ㅋ
ㅋ이겼다~ 이 지랄함 진짜 또라이냐???
나 9회초까지만 해도 개같은거그만본다
수고링 했는데 야구 끝나니까 너와순장
까지생각했어 이 지랄.

# 내가 사랑했던 모든 아이돌에게

## 마지막 첫사랑

놀랍겠지만, 내 인생에서 야구를 빼더라도 영 남는 게 없는 것은 아니다. 여기서 문제는, 야구를 빼면 케이팝이 남는다는 것이다. 전생에 죄를 지으면 야구를 보게 된다던데, 나는 도대체 무슨 죄를 지었길래 케이팝까지 하게 되었는지 모르겠다. 이래서 사람은 유년기를 잘 보내야 한다.

케이팝이 뭐 별거 있나. 그냥 한국 노래면 전부 다 케이팝이지. 나도 어렸을 때부터 케이팝 많이 듣고 자랐다. 어렸을 적 가장 좋아하던 노래는 쿨의 Jumpo Mambo. 그 당시 사회 분위기를 고려했을 때 상당히 파격적이었던 노래로, 가사의 내용은 결혼하기 전에 일단 동거부터 해보고 결정하자는 것이다. 아무것도 모르는 미취학 아동이 동거하자는 내용의 노래를 부르고 다녔다는 게 웃긴다. 근데 그 아동이 자라서 명절날마다 친척 어른들 앞에서 결혼 안 하겠다고 선언하는 게 더 웃긴다. 그다음으로 즐겨 부르던 노래는 NRG의 Hit Song. 아마 공식적인 자리에서 춤도 췄을걸. 이효리의 10 Minutes도 정말 좋아했다. 핸드폰으로 뮤직비디오를 구매하여 소장할 수 있던 시절, 엄마 폰에 다운받아서 매일매일 돌려봤다.

근데 그런 걸 내가 '즐긴' 케이팝이라고 말하기에는 다소 심심한 느낌이 없지 않아 있다. 케이팝 해본 동년배들은 다 알 것이다. 케이팝의 시작은 볼펜에 펜 띠 두르는 것부터라는 사실을. 학교 앞 문방구에서 오빠 및 언니들의 얼굴이 박힌 스티커랑 명찰을 구입하는 것부터 시작이라는 것을. 본인 초등학교 재학 시절, 바야흐로 케이팝의 시대는 그렇게 도래했다.

동방신기와 SS501이 학교를 휩쓸고 다닐 때, 나도 그들의 노래와 춤을 즐겼지만 왠지 모르게 가슴이 허했다. 진정한 내 정착지를 못 찾은 것만 같은 공허함을 느꼈다. 그러다가 어느 날 매일매일 챙겨보던 Mnet 소소가백(소년소녀가요백서)에서 원더걸스의 So Hot 컴백 소식을 마주한 순간, 운명이라는 걸 알았다. 와, 소희 호피 멜빵 너무 귀엽다. 그렇게 인생 2막이 열렸다.

어떤 가수의 제대로 된 팬클럽 활동을 이때 처음 해본 것 같다. 펜 띠를 두르고, 방송을 챙겨보고, 팬카페에 가입하고, 모든 노래를 찾아 듣는. 진정한 팬이 하는 일련의 행위가 처음 시작된 것이다. 새 앨범이 발매되는 날이면 교보문고에 가서 내 키만 한 포스터랑 앨범을 안고 집에 돌아왔다. 누가 소녀시대랑 비교해 가며 싸움 붙이면, 앞뒤 안 가리고 달려들어서 원더걸스가 더 짱이라고 고래고래 고함 지르는 일도 잊지 않았다. (물론 저 소녀시대 언니들 정말 사랑합니다. 15주년

컴백했을 때 너무 좋아서 울 뻔했어요. 그리고 사실 Be My Baby랑 The Boys 컴백 겹쳤을 때 숨어서 The Boys 들었어요. 아직도 들어요. 소시 짱.) 그 당시에는 사랑하는 마음이 곧 전투력으로 증명되던 시절이라 어쩔 수 없었다. 염치없지만 뒤늦게나마 용서를 구해봅니다.

원더걸스를 좋아하면서 아이돌 때문에 처음으로 울어도 봤다. 사실 별로 이야기하고 싶지 않은 주제다. 내 마음이 너무 아프기 때문이다. 어느 정도로 아프냐면, 실제로 물리적인 고통이 느껴지는 것 같다는 착각이 일어나는 정도? 선미가 탈퇴했을 때, 청소년 쌍딸이 흘린 눈물은 아마 낙동강 수위를 1cm가량 상승시켰을 것이다. 진심으로 방에서 나오지도 않고 하염없이 울었다. 원더걸스의 발라드 명곡 This Time을 들으면서 울었다. 그대 없이는 외롭고 기나긴 시간이 또 반복되겠죠. 그대 영원히 변치 마요 마이 올. 아 월 비 더 쎄임. 정확한 발음으로 또박또박 따라 부르면서 눈물을 훔쳤다. 그래도 나의 최애 소희가 탈퇴하지 않아서 사랑의 기한을 연장할 수 있었다. 그리고 그때 동시에 좋아하던 다른 오빠들도 나의 위안이 되어줬다. 참고로 보이그룹 걸그

룹 양다리 걸칠지언정 양심은 있어서 동일한 성별 그룹의 경우 환승이별은 확실하게 함.

아이돌을 좋아하면서 탈퇴와 관련하여 눈물 뽑아낸 일이 세 번 정도 된다. 아이돌이 신문 사회면에 데뷔했던 게 두 번 정도. 그래도 몇 번 겪어본 일이라고 적응,은 개뿔 매번 극도의 정신 쇠약 상태가 되어 일상 생활 영위가 불가한 수준에 이르게 된다. 맞아도 맞아도 적응이 안 돼요. 왜 맞은 데 또 때려요. 나 말고도 이런 일 경험한 사람들 꽤 있을 것이다. 아니, 안 겪어본 사람이 드물 것이다. 일단 원카소(원더걸스, 카라, 소녀시대) 좋아해 봤으면 무조건 겪었음. 친구들도 나 위로 많이 해줬고, 나도 친구들 위로 많이 해줬다. 박재범 2PM 탈퇴했다고 밥 안 먹던 민지야. 루한 EXO 탈퇴했다고 야자 쨰던 다은아. 우리 이젠 울지 않기로 하자.


내가 사랑한 케이팝의 흔적은 여기저기 징그럽게도 남아 있다. 저번에 방 인테리어를 새로 하면서 묵혀뒀던 짐을 싹 다 정리했는데, 듣도 보도 못한 앨범들이 여기저기서 너무 많이 나와서 길 가다 초등학교 동창 만난 사람처럼 당황했다. 니 뭔데? 니 왜 여기 있는데? 자동 로그인해 놔서 신경도 안 쓰던 구글 아이디에 내가 고등학생 때 좋아하던 보이그룹 데뷔일이 찍혀 있는 걸 볼 때면 잠시 정색한다. …구글 아이디 변경되나? 그래도 시간 조금만 지나면 다 추억이 된다. 그리고 그 추억은 그 시절 싸이월드에 올리던 셀카마냥 보정도 된다. 사회면에만 안 나온다면. 제발 그런 데서 데뷔 좀 하지 마세요.

요즘 유독 추억팔이를 많이 하는 것 같다. 얼마 전엔 90년대생 추억의 불량식품 이상형 월드컵도 했다. 그 짓 하면서 내가 직접 만든 2000년대 케이팝 명곡 플레이리스트를 틀어놨다. 시작은 Tell Me, So Hot, Nobody 삼 연타 히트송에 가려진 불후의 명곡 원더걸스의 '이 바보'. 멜로디를 따라 흥얼거리며 자꾸 추억을 돌아보는 건, 아마도 그 속에 있는 나를 그리워하기 때문일 거라는 생각을 했다. 그때 참 좋았지. 너와 나. 여기서 너는 언니 및 오빠들입니다.

케이팝이 그렇게 추억으로만 남았으면 좋았을 텐데, 애석하게도 아직도 케이팝을 한다. 이제는 우리 여사님, 이 나이 먹고도 그러고 싶냐는 소리조차 안 하신다. 그냥 니가 행복해 보이니 됐다는 인정과 수용의 단계에 접어든 모양이다. 그래요. 나 행복합니다. 원더걸스가 So Hot 부를 때부터 아이돌 좋아했는데, 여전히 개 버릇 남 못 주고 있다니. 거쳐온 소속사도 많다. JYP, 스타제국, 스타쉽, 그리고 현재 KQ. 아니 생각해 보니까 별로 안 많네. 나도 이 글 쓰며 한번 꼽아봤는데, 생각보다 몇 개 없어서 놀랐다. 대형 기획사 하나밖에 없는 거 실화냐. (굳이 저한테 KQ가 어디냐는 오타쿠를 향한 일반인의 순박하고 잔혹한 질문은 하지 마세요. 요즘 세상 검색하면 다 나옵니다.)

이대로라면 나는 아마 노인정에 가서도 케이팝 하고 있을 것 같다. 그래도 다행인 점은, 같이 화투 치면서 케이팝 이야기해 줄 사람들이 많다는 것이다. 나만 X된 거 아니라 기쁩니다. 결국 모든 것은 추억으로 남고, 추억으로 남는 것은 아름다운 법이다. 지금 내가 즐기는 케이팝도 언젠가는 응답하라 시리즈 급의 추억으로 남겠지. 그러나 사랑이란 건 끝을 보고 하는 게 아니잖아요. 사랑이 끝나길 바라는 사람이 어디 있겠어요. 모두 내가 지금 하는 사랑이 과거가 아닌 미래를 향하길 바란다. 나도 그렇다. 늘 이번이 진실된 마지막 사랑이라고 생각하며 공식 팬클럽 n기에 가입하고, 시즌 그리팅을 사고, 최애 생일 케이크를 맞춤으로 주문한다. 그런 마음이 아니라면 뜨겁게 사랑할 수 없는 법이다. 그래서 오늘도 뜨겁게 케이팝 한다. 근데요, 전 정말로 진실로 참으로 이번이 마지막입니다.

# 상수야 안타를 날려주세요

## 너무 많이는 말고

누군가를 떠나보낸다는 건 참 힘든 일이다. 그 사람도 추억으로 묻어야 하고, 그 사람과 보냈던 시간도 추억으로 묻어야 하고, 그 사람과 함께했던 나도 추억으로 묻어야 하기 때문이다. 갑자기 무슨 말이냐고요? 제목에서 눈치채신 분들도 있겠지만, 야구선수 얘깁니다 X발.

정말 추하게도 나는 지금 이미 떠나간 선수에 대해 회고

하는 시간을 가지고 있다. 왜 해마다 이런 이벤트가 벌어져야만 하는지, 정말 고통스럽기 짝이 없다. 이런 일을 겪지 않으려면 그냥 야구를 안 보면 되는데. 애초에 그건 이미 선택이 불가한 옵션이라는 것을 수차례에 걸쳐 재확인했기 때문에 그냥 고통의 흐름에 올라타는 선택을 했다.

김상수가 프로 데뷔 이래 한 번도 벗은 적 없던 삼성 라이온즈의 파란색 유니폼을 2023년부로 벗게 됐다. 일어나리라고 절대 상상조차 해본 적 없는 일이다. 이성적으로 냉철하게 상황을 인지하고 분석했다면 충분히 이런 일이 일어날 수도 있음을 진작 예상했을 것이다. 그러나 나는 내가 좋아하는 것들 앞에서 그다지 냉철하지도, 이성적이지도 못한 편이다. 그래서 김상수가 삼성을 떠난다는 명제를 단 한 번도 생각하지 않았다.

나는 야구를 보고, 그렇기 때문에 당연히 야구선수를 좋아한다. 내가 어릴 때 이미 너무 큰 별이었던 선수들은 나의 우상이자 영웅이 되었고, 내 학창 시절에 데뷔해서 어른이 될 때까지 함께 성장한 선수들은 나의 벗이자 동반자가 되었다. 김상수는 아마 후자에 속하는 사람일 것이다. 그리고 꽤 강하게 부정해 왔지만, 아니라고 고함을 질렀지만, 다들 알다시피 강한 부정은 긍정이다.

그래, 나 김상수 좋아했다. 그것도 아주 많이 좋아했다. 됐습니까. 됐냐고요.

대구 경북고등학교 출신의 삼성 1차 드래프트 선수 김상수. 2루와 3루를 열심히 훔쳐보겠다던 패기 넘치는 김상수. 파란색 유니폼 입고 유격수 자리에 서 있던 빼빼 마르고 까무잡잡한 김상수. 원조 대구 아이돌 김상수. 여전히 기억한다. 나도 어렸고, 김상수도 어렸다. 나도 야구장 가면 어른들이 이것저것 많이 챙겨줬고, 김상수도 어른들이 많이 좋아했다. 옆자리에서 술 좀 자시고 얼굴 시뻘게진 아저씨들이 상수야! 안타를 날려주세요~, 핏대 세워가며 응원가를 부르던 모습이 아직도 생생해서 종종 웃음이 나온다.

삼성은 원래 팬 서비스 구리기로 유명한 팀이었다. 경상도 사람들의 원체 무뚝뚝한 기질도 한몫했지 싶고, 결정적으로 성적이 그렇게 잘 나오는데 불만 가실 사람늘도 별로 없었다. 4년 연속 통합우승을 하는 팀인데 팬들한테 좀 살 갑지 못하면 어떠냐. 최고의 팬 서비스는 뭐다? 바로 성적이다. 그런 분위기였던 것 같다. 물론 나도 동감한다. 야구 선수가 제일 이뻐 보이는 날은 언제일까요? 정답은 이긴 날입니다.

그런데 삼성 순위가 바닥을 찍고 나서부터는 더 이상 성적으로 팬들을 기쁘게 해줄 수 없게 되었다. 옛날부터 삼성 야구 보던 사람들이 많이들 떠났다. 내 주변에도 야구 보는 사람들이 슬슬 줄었다. 근데 등수가 변했다고 안 하던 짓이 바로 튀어나오는 것도 아니라서, 야구도 못 하는 것들이 팬들한테 예의도 없다고 욕을 바가지로 얻어먹었다. 물론 나도 했다. 아니 그딴 식으로 야구를 하는데도 보러 가주는 사람들인데. 좀 잘해줘야 되는 거 아니냐고.

근데 김상수는 항상 팬들한테 잘했다. 야구장에서 보든, 밖에서 보든 한결같이 친절하고 살가웠다. '연쇄사인마'라는 별명이 붙을 만큼 SNS나 커뮤니티에서 나도는 목격담이 죄다 김상수랑 눈 마주쳐서 인사하고 사인받고 사진 찍었다는 글이다. 사인 안 받으면 되려 서운해한단다. 마치 제주도 귤 농사 괴담 같다. 제주도 살면 다 귤 농사짓는 줄 알아? 근데 일단 우리 할머니 댁은 해. 삼성 야구 보면 다 김상수 사인 있는 줄 알아? 근데 일단 나는 있어.

그래서 그런가, 김상수가 야구 못하면 괜히 입 안이 썼고 잘하는 시기에는 괜히 내 어깨가 올라갔다. 내가 아쉽게 놓친 1등급보다 김상수 타율이 더 아쉬웠고, 내 에이쁠 학점보다 김상수 호수비가 더 자랑스러웠다. 23타수 무안타 행진할 때는 길 걷다가도 그 생각이 나서 기분이 더러웠고, 김상수가 국제 경기에서 기가 막히는 수비를 보여줬을 때는 주변에 잘 하지도 않는 자랑을 했다. 타석에서 홈런이라도 날리는 날에는 방구석에서도 고래고래 소리를 질렀고, 김상수가 수비하다가 실수로 공이라도 흘리면 원래 잘하는 놈이 왜 그러냐고 불같이 화를 냈다. 그래, 김상수가 하는 야구가 곧 나의 야구였다.

사실 이적 기사가 떴던 날이 잘 기억나지 않는다. 너무 큰 충격을 받았기 때문이다. 하루를 어떻게 보냈는지 선명하지가 않다. 그냥 김상수 이적 기사를 봤고, 하루 종일 그 생각만 하다 날이 저물었다. 배신감, 분노, 서운함, 씁쓸함, 슬픔… 그런 꽤 쪼잔하고 썩 유쾌하지는 못한 감정들이 내 뇌를 다 야금야금 갉아먹어서 정상적인 사고가 불가능했다. 김상수 이적 인터뷰 영상은 올라왔을 땐 제대로 보지도 못했다. 한참 지나고 다시 봤는데, 진짜 쪽팔리지만 좀 울었다. 난 초등학교 3학년 때 깨진 유리창 위로 엎어져서 다리 꿰맬 때도 눈물 한 방울 안 흘린 인간이다. 주변 사람들한테 이 얘기 하면 다 놀라 자빠질 것이다. 울어? 니가? 남자 때문에? 남자 아니고 야구선수야 씨X.

이제 더는 김상수의 야구가 나의 야구가 아니라는 게 좀 슬프다. 사실 많이 슬프다. 신인 드래프트 1차 지명 경북고 김상수에서, 대구 아이돌이 될 때까지. 대구 아이돌에서 왕조 유격수가 될 때까지. 그리고 왕조 유격수에서 삼성의 황금기를 되찾은 베테랑이 될 때까지 함께할 줄 알았는데. 내가 우리 끝까지 함께하자고 했잖아. 나는 허공에 새끼손가락을 걸었구나. 염병.

당장 개막전 선발 라인업에 김상수가 없을 것이다. 아마 내가 2023년의 김상수를 처음으로 보는 자리는 KT 위즈와의 첫 경기겠지. KT 유니폼 입고 타석에 서서 삼성 팬들을 향해 헬멧 벗고 인사하는 김상수. 그거 하나 보겠다고 KT 경기 직관 가 있을 내가 너무 쉽게 그려져서 벌써 어지럽다.

누군가를 떠나보낸다는 건 이런 일이다. 믿고 싶지 않고, 화도 나고, 슬프기도 하다. 그렇지만 결국은 받아들여야 한다. '떠나보내다'라는 말은 '떠나다'와 '보내다'의 합성이다. 누군가가 떠나면 누군가는 보내야만 완성될 수 있다. 좀 구차해 보일 수는 있어도 스스로를 위로하려고 한다. 김상수가 유니폼을 갈아입었다고 해서 그가 지금까지 했던 야구가 사라지는 게 아니니까. 내가, 우리가 본 야구가 사라지는 게 아니니까. 그건 그대로 남아있다. 아마 머리뿐 아니라 가슴에까지 남을 것이다.

이제는 파란 유니폼을 입지 않겠지만. 삼성의 7번 김상수가 아니겠지만. 내가 사랑하던 삼성 라이온즈의 김상수가 아니겠지만. 그래도. 상수야 안타를 날려주세요!

너무 많이는 말고. 특히 삼성이랑 경기할 때.

쌍딸
@sospinyourlife

• • •

내가 분명히 말했다. 야구팬한테도 순정
이라는 게 있다고.

💬        ↻ 948        ♡ 324        ↑

# 미스터트롯 광인 엄마를 위하여

## 케이팝 팬들의 효녀 전쟁

2020년 5월 6일, '미스터트롯 전국 투어 콘서트' 대구의 티켓팅 날이었다. 무려 어버이날 이틀 전이다. 이 미친 적폐 새끼들은 어버이날 이틀 전에 하필 딱 내가 반드시 성공해야만 하는 대구 콘서트 티켓팅 일정을 잡았다. 대구·경북 효녀 전쟁의 서막이 오른 것이다.

날짜만 돌아버린 것이 아니다. 시간도 처돌았다. 오후 두

시. 장난하나? 장난둘? 나는 근로자이다. 그리고 보통 근로자는 그 시간에 일을 한다. '미스터트롯' 광인 부모님을 둔 딸, 아들들도 대부분 근로자일 것이다. 일하다가 중간에 피시방으로 뛰쳐나갈 수도 없는 노릇이다. 티켓팅 공지를 보고 솔직히 중간에 피시방 가는 상상을 안 해본 건 아니다. 업무 시간 중에 가장 가까운 피시방으로 뛰어서 티켓팅 하기? 미친 짓이다. 혹여 성공한다고 하더라도, 나는 그 비용을 감당할 수 없게 될 것이다. 엄마 나 잘렸어. 아니 어쩌다가? 효도하다가. 개지랄 염병 같은 그림이다. 혹시 실업급여가 나온다면 그걸로 티켓값을 지불할 수 있을지는 모르겠다. TV조선 미친X들.

어쨌든 티켓팅은 케이팝 광인들의 메카임과 동시에 소돔인 인터파크에서 진행됐다. 사실 미리 X됐음을 직감했다. 나는 인터파크 티켓팅을 정말 못한다. 그리고 인터파크 이 새끼분들은 서버가 미쳤다. 워너원을 좋아하던 친구를 위한 용병으로 차출되어 1층 어드메를 한 번 잡은 전적이 있는데, 그건 내 손이 빨라서가 아니라 피시방이 빨라서였다.

나는 과거 수강 신청으로는 이름을 꽤 날렸으나, 콘서트 티켓팅은 그저 자리만 간신히 잡는 수준이다.

평소 티켓팅 사이트 중 대기 순번이 뜨는 멜론 티켓을 선호한다. 마음의 준비를 할 수 있기 때문이다. 대기 3,000명? 조졌지만 망한 수준은 아니네… 2층 앞 좌석 잡아야지. 대충 이런 각이라도 서기 때문이다. 그리고 서버도 잘 안 터진다. 내가 서버가 터질 만큼의 센세이셔널한 인기를 누리는 케이팝 가수를 좋아해 본 적이 없어서일 수도 있겠지만…. 하여튼 인터파크의 예매 시스템은 삼성의 투수교체와 매우 유사하다. 예측을 할 수 없는 것도 그렇고, 존나 잘 터지는 것도 그렇다. 하여튼 인터파크도 개적폐다. (2023년 1월 기준 인터파크에서도 대기 번호가 뜨는 것으로 확인되었다. 그러나 이때는 안 떴다. 아직도 개빡칩니다.)

나는 일터에서 핸드폰과 컴퓨터 모두를 활용하여 인터파크 예매창을 띄워놓고 눈치만 봤다. 아니 근데 고용주가 사준 컴퓨터 사양으로 어떻게 티켓팅을 한단 말임? 고용주들은 합법저 노예인 고용인이 컴퓨터를 활용하여 헛짓거리하기를 바라지 않기 때문에 컴퓨터 사양을 극악으로 맞춘다. 딱 돈만 벌 수 있도록. 내 미친 컴퓨터는 한글, 워드, 엑셀, 크롬 다 열어두고 작업하면 버벅거릴 정도이다. 생각해 보니까 이 컴퓨터도 삼성이다. 이런 XX. 대망의 두 시, 새로고침 후 억겁의 시간이 지나고 예매창에 들어가긴 했는데 컴퓨터 미친새끼분이 합법 노예용 컴퓨터 아니랄까 봐 매크로 방지용 보안문자 입력창을 못 띄웠다. 그래도 내 아이폰 텐은 잘 굴러갔다. 이래서 삼성이 안 되는 것이다. 서버 접속의 문제인 걸 알고 있지만, 기분상으로 아무튼 그렇다.

어쨌든 내 아이폰도 좌석창을 띄우긴 했는데… 좌석이 눈에 보이는데 내가 고르면 누가 골랐다고 한다. '다른 고객님께서 이미 선택한 좌석입니다.' 진심 누가 고른 거임? 평행우주의 내가 골랐나? 미치고 팔짝 뛸 노릇이다. 인터파크 티켓팅은 마트 폐장 전 초특가 떨이와도 같다. 분명히 내가 집으려고 했는데 옆 사람이 들고 있다. 그래서 포기했는데 다시 내려놓더라고. 그래서 다시 그거 사려고 하면 또 누가 집어 든다. 이거 진짜 미친 거 아님?

학창 시절에 강경한 케이팝 팬으로 살면서 울 엄마 속을 그렇게 썪였는데, 그 케이팝으로 익힌 티켓팅도 제대로 못하는 나는 폐급이 된 것만 같았다. 엄마는 나 같은 폐급을 평생 보살폈는데 나는 티켓팅도 못하네. 아니 근데 내가 엄마한테 아이돌 콘서트 티켓팅 해달라고 떼쓴 적은 없지 않았나? 억울함이 살짝 밀려올 때면 모른 척을 해야 한다. 효녀 전쟁에서 다른 생각을 하는 전사의 말로는 패잔병이기 때문이다.

효녀 전쟁에서는 처참하게 패했지만 그래도 눈물 젖은 돈으로 비벼서 티켓은 어떻게 저떻게 구했다. 그것도 이모 몫까지. 사촌 언니, 오빠 둘 중에 누구한테 티켓값 내놓으라고 할지 고민된다. 둘 다 나보다 더 잘 버는데. 커피값까지 같이 넣어줬으면.


우리 여사님은 딸내미가 이 전쟁을 치르는 동안에도 집에서 임영웅 유튜브 채널을 정주행하고 있었을 것이다. 아까 티켓 구하다가 전화했는데 컬러링을 또 임영웅 신곡으로 바꿔났더라. 그래도 여사님이 임영웅을 좋아하면서 집의 밸런스가 맞춰졌다. 누구는 맨날 '미스터트롯' 재방송 보면서 포지티브한 감정을 표출하고 누구는 맨날 야구 보면서 네거티브한 감정을 표출한다. 이제야 음과 양의 조화가 맞아떨어진 것이다.

생전 나를 포함한 그 누구에게도 아쉬운 소리 잘 안 하던 우리 여사님이 방송 후반에는 문자투표까지 부탁했다. 이미 여사님 친구들은 다 점찍어 놓은 자신만의 트롯맨이 있는지라 내가 총대를 메야 했다. 하지만 나는 간과했다. 내 지인들도 모두 누군가의 자식이라는 사실을. 별 도움이 못 돼서 죄송해요. 그래도 한 세 표는 땡겨왔어요. 챙겨보던 방송이라곤 그때그때 핫한 드라마가 다였던 우리 여사님이 트롯맨 나오는 방송은 채널과 시간대를 외웠다. 일단 확실히 나보다 더 잘 챙겨보셨다. 나는 내 아이돌 컴백 주 음악 방송을 놓친 적도 있는데.

취미를 가진다는 것은 인생에 색을 더하는 일이다. 솔직히 우리 여사님 인생에 색이 얼마나 있었겠는가. 700원짜리 삼색 볼펜이면 준수한 수준이었을 것이다. 나는 엄마랑 살면서 엄마가 취미 때문에 울고 웃는 걸 처음 봤다. 우리 여사님에게 파버카스텔 풀세트는 아니더라도 최소 18색 크레파스 정도는 되어 준 임영웅 씨에게 무한한 감사를 표한다. 노래 오래 해주시고 우리 여사님의 꾸준한 행복이 되어 주세요.


(비하인드: 우리 여사님 콘서트 갔다 오더니 장민호 팬 됨.)

# 패배 축하합니다

## 패배자를 위한 박수

승리한 자가 박수를 받을 때 패배한 놈은 어디에 있었지?

사실 잘 기억이 안 난다. 내가 좋아하는 영화 중에 '다크 나이트 시리즈'가 있다. 그 시리즈 마지막이 〈다크 나이트 라이즈*The Dark Knight Rises*〉인데, 톰 하디가 마스크 쓰고 꾸엑꾸엑 말하는 '베인'이라는 악역으로 나온다. 마지막에 베인이 어떻게 됐더라? 잘 기억나지 않는다. 아마 배트맨한테 처맞고 구르다가 어디 구석에 조용히 앉아 있었겠지. 이것도 사실 정확하지 않다. 이 영화의 결론: 배트맨이 이김. 나도 그 영화를 그렇게 기억한다.

뭐든 결과가 중요하다. 나도 알고 있다. 과정이 얼마나 치열했든지 간에, 결과만이 선명하게 남는다. 내가 나의 길을 반추할 때조차 그렇다. 내 두 발이 찍어온 발자국들이 얼마나 깊었는지, 얼마나 오랜 시간을 헤맸는지, 얼마나 오래 이어졌는지는 돌아보지 않는다. 다만 내가 지금 어디에 서 있나를 보고 탄식할 뿐이다.


99688. 비밀번호 다섯 자리(스포츠 팬들에게는 비밀번호라는 용어가 공공연하게 쓰인다. 비밀번호는 페넌트 레이스에서 연속적으로 기록한 터무니없는 순위를 일컫는 말이다. 삼성의 경우 2016시즌부터 비밀번호를 꾸준히 갱신 중이다.)를 찍어왔던 삼성 라이온즈는 드디어 뒤에 2라는 숫자를 붙이고 지독했던 암흑기를 마무리했다. 왕조가 낳은 마지막 타자 구자욱은 이제 어엿한 팀의 간판타자로 성장했고, 뷰캐넌은 삼성의 외인 투수 잔혹사를 끊었다. 등판 마킹 본드도 안 마른 것 같았던 원태인은 새로운

황태자가 되었고, 오승환은 한미일 통산 400세이브라는 전무후무한 기록을 세웠다. 10월엔 리그 1위도 해봤다. 한동안 끊겼던 관중들의 발길이 다시 대공원역으로 향했다.

마침내, 삼성은 6년 만에 포스트시즌에 진출했다.

그건 다 과정이다. 결국 삼성은 KT 위즈와의 1위 결정전에서 영봉패를 당하며 페넌트 레이스를 허무하게 2위로 마무리한 팀으로 남을 것이다. 6년 만에 진출한 2021 포스트시즌에서 두산 베어스에 2승을 헌납하고 패배한 팀으로 남을 것이다. 사람들은 왕조의 기세가 이제 다 바랬다고 말할 것이다. 삼성은 아무리 찔러대도 금 하나 가지 않는 방패와 같던 마운드를 잃고, 뜨거운 방망이로 팀을 승리로 이끌던 타선이 사라져 버린 팀으로 기억될 것이다. 페넌트 레이스 2위까지 오른 팀이 아니라, 1위를 내준 팀으로 남을 것이다. 플레이오프에 진출했던 팀이 아니라, 한국시리즈 진출에 실패한 팀으로 남을 것이다.


근데 나는 그렇게 기억하기 싫다. 그래서 좀 떼를 쓰고 싶다. 1위 결정전에서 영봉패 당하고 2위로 페넌트 레이스를 끝내기까지. 플레이오프에서 2패 하며 가을야구를 끝내기까지. 그 길로 가기까지. 패배라는 곳으로 가기까지. 얼마나 치열했는데. 얼마나 뜨거웠는데.

박수 쳐주고 싶다. 승자가 박수받을 때 고개 숙인 채 퇴장하는 패자의 모습이 싫다. 패색이 짙어진 2차전 경기를 보는 내내 그랬다. 야 이 새끼들아, 고개 빳빳이 들고 더그아웃 들어가라. 죄지은 거 하나 없다. 물론 점수를 내고, 또 점수를 잃지 않는 게 직업인 야구선수들이 그걸 못했다는 게 좀 괴롭고 부끄러울 수는 있다. 그래도 당당해야 한다. 2021년 한 해, 아니 어쩌면 그보다 훨씬 오래전부터 이 악물고 꾸역꾸역 기어 온 자리니까. 지금 이 타석에서 공을 못 쳤다고 해서, 당장 올해의 야구가 끝났다고 해서, 수많은 사람이 쏟아부었던 것들이 어디로 증발하는 게 아니니까. 그러니까, 6년 동안 쌓아 올린 염원을 어깨에 매달고 있는 선수들은 고개를 빳빳이 들 필요가 있는 것이다.

'스포츠는 보는 사람들에게 꿈과 희망과 용기를 줘야 돼.' 내가 항상 하는 말이다. 2021년 삼성은 스포츠를 제대로 했다. 나에게 꿈과 희망과 용기를 췄다는 뜻이다. 6년 만의 가을야구라는 꿈을 이루어줬고, 우승이라는 희망을 주었으며, 내년에도 또 이들의 야구를 보겠다는 용기를 심어줬다.

지금부터는 고개 숙인 패자에게 박수 쳐줄 시간이다. 고개 숙이지 마십시오. 패배 축하합니다. 여기까지 오는 길을 다 봤는데, 너무 멋있었습니다. 지금 이 자리에서 패배하기까지 얼마나 많은 땀을 흘렸는지 압니다. 다 기억합니다. 당신들이 이기는 야구를 해서 응원한 것이 아닙니다. 당신들이 하는 야구이기 때문에 응원한 것입니다. 내년에도 또 야구하십시오. 기꺼이 응원하겠습니다.

어디 한번 니들 하고 싶은 대로 다 해봐라. 내가 지옥 끝까지 막대풍선 들고 따라가서 응원한다.


삼성 라이온즈 아좌좌! 리그 폐지될 때까지 아좌좌! 절대 그날을 고대하고 있는 것은 아님을 밝히는 바입니다.

**쌍딸**
@sospinyourlife

얘들아 그래도 우리 올해 76번 이겼다.
작년에는 75번 졌는데.
잘했다 이 새끼들아.

↩   ⇄ 412      ♡ 137      ⬆

# 아이돌 보러 일본 찍턴한 썰 푼다

## 너에게로 떠나는 여행

 

 

남들 다 좋아하는데 나만 안 좋아하는 게 하나 있다면, 바로 여행이라고 말할 수 있겠다. 진심으로 출생 이래 단 한 번도 자발적인 의사로 여행을 떠난 적이 없다. 어렸을 적부터 집 떠나면 개고생이라는 게 신념이었던지라 수련회, 수학여행 가는 것도 안 좋아했다. 대학교 가서는 매해 MT 불참이라는 기록도 세웠다. 친구들 사이에서 이번 방학, 휴가 때 어디 가자는 이야기가 나오면 그냥 따라가는 거였다. 그마저도 코로나 시국으로 인해 올스탑 됐다.

외국에 가보고 싶다는 생각을 몇 번 해보긴 했는데, 그게 전부 다 클래식 때문이었다. 근데 얼마 전에 조성진, 사이먼 래틀Simon Rattle, 그리고 런던 심포니 오케스트라의 연주회를 대구에서 S석에 앉아서 봤다. 그래서 그 생각도 싹 증발했다. 이제 베를린 필하모닉까지 내한하면 임종 전까지 외국 나갈 결심은 없을 거라고 단언했다.

남들 스무 살 되고 알바비 모으고 용돈 모아서 일본이니 동남아니 여행을 떠나는 게 이해가 안 됐다. 저 돈이면 콘서트 티켓이 몇 장이야? 훗날 내가 그 여행 경비에 콘서트 티켓 비용까지 얹게 될 거라는 건 상상조차 하지 못한 어리석은 생각이었다.


아이돌 좋아하면서 콘서트 안 보러 가는 건 말이 안 된다. 돌덕질의 정수가 콘서트에 있기 때문이다. 근데 제가 그걸 해냅니다. 왜냐고요? 일하느라 못 갔습니다 X발. 스케줄이 도저히 안 나왔다. 다른 나라에서 하는 것도 아니고, KTX

타면 2시간도 안 돼서 내리는 서울에서 하는 공연을 못 갔다. 그것도 두 번이나. 현타가 작렬했다. 아니, 다 먹고살자고 하는 짓인데 내 삶에서 케이팝 빼면 뭐가 남는다고 일하느라 이걸 못 가냐고.

그러다가 해외 투어 공지가 뜨고, 일본 콘서트 공지가 떴다. 날짜를 보니까, 어? 이거 갈 수도 있겠는데 싶었다. 더도 말고 덜도 말고 딱 1박이 허용되는 일정이라 콘서트만 보고 돌아와야 했지만 그건 문제가 되지 않았다. 출근해서 스케줄을 확인하고 바로 응모 넣었다. (일본은 콘서트 티켓을 응모한 뒤 당첨되어야 갈 수 있는 시스템이다. 자리도 랜덤이다.) 물론 2017년도부터 케이팝 운명을 함께 해온 친구가 일본에 거주 중이라 가능한 일이었지만, 사랑이 없다면 불가능한 일이었다. 하늘이 정성을 갸륵하게 여겼는지 티켓을 하사해 주셨고, 여기서 충격 주의.

나는 그 길로 여권을 발급하러 갔다.

놀랍게도 나는 이제껏 살아오면서 여권을 소지해 본 적이 없다. 우리 여사님도 여행 그런 거 별로 선호하지 않으므로, 밟아본 땅 중에 가장 먼 곳은 제주도에 불과했다. 직장인 되고 나서 지갑에 여유가 좀 생겼을 때도 친구들이 해외 여행 얘기 꺼내면 그냥 안 간다고 그랬다. 근데 콘서트 보러 가겠다고 비행기 타고 국경을 넘을 생각을 했다. 인생 첫 출국 사유가 콘서트라니… 아 근데 재밌겠다. 이번 콘서트 셋리스트 죽여주시던데. 자괴감 이전에 기대감이 먼저인 게 더 답이 없었다.

외국 나가면 다들 설레고 들뜨고 한다던데 나는 그런 게 하나도 없었다. 원체 좀 무던하고 설렘 같은 감정을 잘 못 느끼는 편이라 정말로 아무 생각이 없었다. 사실 야구 및 케이팝 아니면 극도로 흥분하거나 화를 내는 일도 잘 없다. 일상에서 규칙적으로 극심한 자극에 노출되다 보니까 다른 감각 자체가 무뎌진 것 같기도 하다. 공항 도착해서 출국 수속 마치고 비행기 타고 나서도 별생각 없었다. 앉자마자 숙면을 취했기 때문이었다. 그리고 도쿄 공항에 발을 디디자마자 드는 생각. 아 입국 수속 개 같네. 소수의 악의를 품은 사람 때문에 다수의 선량한 관광객이 이다지도 복잡한 절차를 거쳐야만 한다는 사실에 분노가 치밀어 올랐다.

입국 수속을 마치고 나오니까 여기저기서 외국어가 들리고, 한글 아닌 다른 문자가 보였다. 솔직하게 아무렇지도 않았다. 그냥 공항이 공항이지 뭐. 사람이 거기서 거기고, 그러니까 사람들 사는 것도 거기서 거기지. 다만 벤치에 앉아서 친구를 기다리고 있는데 자꾸 나한테 일본어로 말 거는 어떤 사람 때문에 당황하는 이벤트가 발생했을 뿐이었다. 웃긴 게 대학교 때 들었던 교양 강의 및 드문드문 접한 일본 드라마 덕분에 리스닝은 또 좀 돼가지고 무슨 말을 하는지는 알아먹었다. 어느 나라 사람이냐. 왜 왔냐. 근데 스피킹은 안 돼서 또박또박 한국어로 말했다. 저 한국인이고, 친구 기다리고 있는데 일본어 못하니까 말 그만 거셔야 될 것 같습니다.

데리러 온 친구를 만나자마자 공항 리무진 타고 호텔로 날랐다. 밥은 그냥 호텔 1층에서 자리가 남아 있는 식당 아무 데나 들어가서 먹었다. 일본에서의 생애 첫 끼 소감. 와 정말 짜고 정말 달아요. 그냥 대충 갉아먹고 바로 콘서트장으로 향했다. 그전까지 피곤에 절어서 아무 생각 없었는데 굿즈 판매 줄 보자마자 기분이 급속도로 좋아졌다. 생애 첫 출국보다 떨리는 3년 만의 콘서트였다.

콘서트 소감. 쩔었다. 보고 싶은 것 다 보고 나왔다. 한국에서 보던 것과 다른 건 별로 없었다. 옆자리에 일본인 팬이 있는 것, 이상하게 스탠딩석뿐 아니라 좌석의 관객들도 모두 일어서서 공연을 보는 문화가 있는 것, 아들내미가 일본어로 말하는 것 빼고는 다 똑같았다.

그렇게 일본 방문 목적을 완벽하게 달성하고 나니 시간은 열 시였다. 딱히 하고 싶은 것도 할 만한 것도 없어서 그냥 편의점 들러서 간식이나 사서 숙소에 돌아왔다. 그리고 호텔에서 새벽 다섯 시까지 친구와 아이돌 얘기하다 잤다. 잠들기 전에 잠깐 생각했다. 미친 내가 일본에 온 거야 잠실에 온 거야.

눈 뜨자마자 공항 가서 또 대충 달고 짠 음식 하나를 먹었다. 쿨하게 면세점 패스하고 비행기에 앉았더니 또 정신 차리니까 다시 한국이었다. 공항에서 택시 잡아타자마자 프리뷰 봤다. 우왕 우리 아들 잘 나왔당. 집에 도착해서 짐 풀고 응원봉 꺼내면서 현실로 돌아왔다. 내가 방금 일본을 갔다 온 거지? 공항, 숙소, 콘서트장, 숙소, 공항. 정말 이 코스대로 움직였다. 아이돌 때문에 일본 찍턴을 했구나. 이런 미친 것. 장하다.

친구들이 일본 어땠냐고 물었을 때 별로 할 말이 없었다. 일본어가 많이 들리고, 교통비가 비싸고, 음식이 짜고 달았는데, 편의점에서 사 먹는 단 것들은 맛있더라… 아 근데 콘서트 끝나자마자 컴백 포스터가 콘서트장 벽면에 붙어있었는데 와 진짜 소름 돋더라. 미친 거 아니냐. 그게 홍대에도 붙었었다던데. 인스타에도 뭐가 떴더라고. 이번에는 컨셉 뭘지 진짜 궁금함. 염색한 거 그대로 찍었겠지? 그럼 컴백은 언제쯤 하려나? 연말에 할 것 같지 않음?

새삼 다시 한번 깨달았다. 아이돌 아니면 해외 나갈 일 평생 없었겠구나.


이런 나를 보고 친구들은 이거야말로 진짜 사랑이라고 했다. 사랑 없이는 할 수 없는 일이라고 했다. 어떻게 여권도 없던 애가 콘서트 하나 보려고 일본 찍턴을 하냐. 물론 마음으로 낳은 자식을 지극히 사랑하는 탓도 있겠지만, 글쎄요.

이게 사랑만으로 되는 일이었을까요. 지갑이 받쳐줬기 때문에 실행에 옮길 수 있었던 게 아닐까요. 그리고 그때 나는 콘서트 못 간 한이 맺혀 원귀가 되기 일보 직전이었다. 살풀이 차원에서 그 정도면 헐값에 치른 거라고 여기고 있다.

그래, 인정한다. 아무래도 사랑이다. 절대 안 할 짓을 서슴없이 하게 만드는 게 사랑 아니면 뭐겠냐고. 내 심성은 촉촉한 편이 아니라서, 사랑 같은 건 안 하고 사는 것처럼 느껴질 때가 있다. 그런데 이렇게 한 번씩 내가 사랑이란 걸 하고 있다는 걸 체감할 때마다 나라는 인간이 새로워진다. 원래 나를 찾는다는 건 그런 거다. 방 안에 혼자 앉아서 거울만 뚫어져라 본다고 내 나른 얼굴을 볼 수 있는 게 아니다. 내 마음을 써먹어 봐야 안다. 내 마음을 여기도 뿌려보고, 저기도 뿌려봐야 여러 각도의 내 모습을 찾을 수 있다.


그래서 다음에 만약 또 이렇게 콘서트로 해외 나갈 기회가 생기면 갈 거냐고 물으신다면. 아 당근 빠따입니다. 정말 재밌고 즐거웠어요. 일정 맞으면 또 봅시다. 다음엔 비행 중 숙면을 위해 목베개 챙겨갈게요.

# 이쪽저쪽 무한으로 즐거요

## 자체 하드모드

안녕하세요, 야반인이자 케반인입니다.

나는 나를 종종 이렇게 소개한다. 야구 보는 일반인이자, 케이팝 좋아하는 일반인이라는 뜻이다. 그거 두 개 어떻게 동시에 다 하냐고요? 그때그때 자아를 갈아 끼우면 됩니다.

야구장에 갈 때 어떤 자아를 끼우는지는 군이 설명하고

싶지 않다. 너무 추악하기 때문이다. 공의 행방에 따라 예찬과 비난을 동전 뒤집듯 하는 태도는 좋게 봐주려고 해도 옹졸하기 짝이 없다. 태세 전환이 시간마다 일어난다. 방금 전에 빠따 들고나와서 공 치고 나가면 미치게 기특해서 돌잔치 해준다고 했다가 이번에 빠따 들고나와서 아무것도 못하고 들어가면 새 직장을 알선해 주고 싶어 한다.

케이팝 좋아할 때의 나도 굳이 설명하고 싶지 않다. 내 유전자를 후대에 물려주고 싶은 의지가 일절 없으므로 결혼도 안 하겠다고 했는데, 어디서 아들 주워와서 자식새끼 돌잔치 사진 찍어주는 부모마냥 식당과 카페에서 포카 펼치고 있을 때. 나도 가끔 나를 모른 척하고 싶다. 케이팝 문화에 익숙지 않은 분들을 위해 간략히 설명해 드리자면, 그냥 식당 가서 밥 나오면 좋아하는 연예인 얼굴 박힌 카드 들고 사진 찍는 겁니다. 그 대충 애 키우는 분들 인스타그램에 있는 사진들 아시죠. 맛있는 거 먹거나 좋은 데 가서 찍은 사진들 보면 꼭 애들이 나와 있잖아요. 뭐 그런 겁니다. 근데 전 애도 안 낳았는데 왜 그러나고요? 어쩌라고. 내 아들 맞다고. 가슴과 통장으로 낳았다고.

나는 자아를 갈아 끼우는 삶에 완벽히 적응한 상태다. 본인 쌩딸, 초등학교 고학년에 이미 대구 시민 야구장에서 핫도그와 함께 그물 클라이밍 클래스를 마스터했으며, 이와 동시에 한정판 브로마이드를 얻기 위해 앨범 발매일에 동성로 핫트랙스에 줄을 서고 연말이면 MKMF°를 시청했다. 극한의 수련이었다. 예, 저를 대한민국의 조기교육이 낳은 괴물이라고 불러도 좋습니다.

수많은 신화 속 영웅들이 그러했듯이, 항상 인간에게는 딜레마가 따른다. 물론 제가 영웅이라는 이야기는 아닙니다. 하여튼 이 두 가지의 자아가 충돌할 때, 마치 나는 트롤리의 딜레마 앞에 서 있는 것 같다. 내가 아수라 백작도 아니고, 좌반신은 야구 즐기고 우반신은 케이팝 즐길 수는 없는 노릇이기 때문이다.


2019년 4월. 당시 나는 케반인의 자아를 덮어쓰고 한 콘서트장으로 향했다. 분명 잘 갈아 끼웠다고 믿어 의심치 않았다. 그러나 2019년은 삼성이 비밀번호 다섯 자리 중 네 번째 자리를 입력 중인 시기였다. 내가 몰락하는 삼성 야구에 얼마나 집착하고 있었는지 간과한 것이 실수였다. 주말 야구 경기는 평일보다 일찍 시작한다. 콘서트장에 도착해서 줄 서면서 야구를 보고 있었는데, 그때 이미 경기가 시간과 정신의 방으로 입장하는 것을 똑똑히 봤다. 그때 멈춰야 했으나… 멈출 수 없었다. 나는 애초에 이 팀이 바닥을 찍은 후에 그 추진력으로 상승하는 것을 반드시 보고야 말겠다는 의지로 야구를 끊지 못한 사람이기 때문이다.

같이 줄 서 있던 사람들이 "야구 보시는 거예요?"라고 물어도 정신이 나가서 그냥 "예예… 어 씨발! 아이고 죄송합니다. 여러분께 한 말이 아닙니다. 죄송합니다." 이 지랄 했다. 오죽 가련해 보였으면 주변 사람들이 친절하게 삼성 파이팅!도 해줬다. 결국 나는 한 손에는 중계가 나오는 핸드폰과 한 손에는 응원봉을 든 채 공연장으로 입장했다. 2023년의 쌍딸은 그 당시의 쌍딸을 회고하며 그에 대해 '미친놈'이라고 평한다.

그 콘서트가 어땠냐고? 야구가 코로 들어가는지, 무대가 입으로 들어가는지 구분할 수 없었다. 내 눈앞에서는 가슴으로 낳은 아들들이 그간의 피와 땀을 빛내며 재통잔치를 펼치고 있고, 내 손 안에서는 삼성 라이온즈가 경기의 승패를 코카콜라로 정하는 수준의 경기력을 최저 밝기로 선보이고 있었다.


경기 막바지쯤, 옆에 앉은 사람이 VCR 나올 때 나한테 물었다.

"야구 좋아하시나 봐요?"

'아뇨, 저는 저 스크린에 나오는 이들을 좋아하는 것이고, 이것은 좋아한다는 감정과는 거리가 다소 있을 것 같습니다.'라고 대답하고 싶었으나 해명이 과하게 길어 포기하고 그냥 한마디로 눙쳤다.

"예, 이딴 한심한 짓을 하고 있는 걸 보면 아시겠지만…."

그랬더니 다시 물었다.

"잘하고 있어요?"

'상당히 복잡미묘한데요, 조금 전까지는 빅 이닝으로 승기를 잡는 모습을 보였으나, 상대방의 타선이 뒤늦게 타오르고 있는데 우리 투수는 배팅볼을 던져주고 있으므로 마냥 좋지는 않은 상황입니다.'라고 대답하고 싶었으나 썹덕처럼 보일까 봐 그냥 "아뇨, 이 새끼들 때문에 제가 지금 뭐 하는 짓인지 모르겠네요." 했다.

다행히 옆에 앉은 사람은 아량이 넓었다. 앞에서 천상의 하모니가 펼쳐지는 중인데 이럴 정신이 있냐고 일벌백계하는 대신, 따뜻한 말을 건넸다. 자기도 경상도 사람이고, 아부지가 롯데 팬인데 막 야구 때문에 죽고 살고 하신다고. 그래서 어떻게 됐냐면, 야구 이겼다는 소식에 함께 기뻐했다. 물론 14대 7이었던 경기가 14대 12가 되기는 했고, 평소 같았으면 승리의 즐거움을 만끽하기도 전에 다 이긴 경기에서 왜 또 사람 간 쪼그라들게 점수 퍼주면서 장난질하냐고 욕했을 테지만. 경기력을 곱씹을 여건이 되지 않았다. 다시 한번 말하지만, 나는 콘서트장에 있었기 때문이다. 내 정신머리는 삼성의 승리 덕분에 원활하게 콘서트장으로 회귀할 수 있었다. 옆자리 분과는 앵콜 때 두 손 마주 잡고 눈물을 흘렸다. 와 너무 감동적이다. 삼성의 승리도 이 콘서트도. 마음 잘 맞아서 마지막에 번호 교환도 했다.

정말 아름다운 이야기 아니겠습니까? 그러나 뒷얘기는 아름답다기보다는 좀 슬프다. 곧 우리는 다른 아들들을 찾아 각자의 길을 떠났기 때문이다. 물론 나는 그분의 앞길을 축복했다. 거기서는 꼭 행복하세요.

사람들이 가끔 나한테 묻는다. 한국시리즈랑 최애 콘서트가 겹치면 어떻게 하실 거예요? 질문을 들을 때마다 정말 진지하게 고민해 본다. 일단 콘서트는 보통 세 번 하고 한국시리즈는… '이론적으로는' 일곱 번 한다. 그러나 한국시리즈가 네 번으로 줄어들 수 있다. 어떻게 일곱 경기가 네 번으로 줄어들 수가 있냐면… 아무튼 그런 게 있다. 한국시리즈 마지막 경기가 언제일지, 우리 팀이 어느 날 우승할지(재수 없으면 언제 패배할지), 정확하게 알 수 없기 때문에 트로피를 들어 올릴 날을 예측하여 콘서트와 한국시리즈 일정을 조율하는 것은 감히 무모한 짓이라 사료된다. 그러므로 일단 한국시리즈 첫날을 사수할 것이다. 이 한국시리즈 언제까지 볼 수 있을지 몰라 XX. 그리고 콘서트는 막콘을 고를 것이다. 막콘은 무조건 보러 가야 한다. 왜냐면 마음으로 낳은 아들들은 보통 콘서트의 마지막 날에 울기 때문이다. 나도 가서 같이 울어줘야 함. 그러나 만약 한국시리즈 첫 경기와 막콘이 겹친다면? 아, 이거 희대의 난제인데요. 저는 막콘을 선택하겠습니다. 냉정하게 한번 생각해 봅시다. 한국시리즈 첫 경기는 좋을 수도 있고 나쁠 수도 있지만, 막콘은 무조건 좋을 것이기 때문입니다. 저는 주사위 놀음을 하지 않습니다.

야반인이자 케반인으로 산다는 건, 도합 102%의 인생을 즐기는 것과 같다. 하루의 24시간이 아니라 26시간을 써도 모자라다. 근데 이렇게 살면서 학교 졸업하고 직장인 돼서 카드값도 맞추고 적금도 넣는다. 인생의 난이도가 하드코어로 올라갔는데 오히려 좋다. 모쪼록 저는 그냥 인생 하드코어 모드로 맞추고 야구장에서 브이앱이나 보면서 무한으로 즐기도록 하겠습니다.

● MKMF: 엠넷과 케이엠이 주최했던 시상식. MAMA의 전신.

**쌍딸**
@sospinyourlife

내 주변에 탈스포츠 탈케이팝 한 친구 한 명도 없음. 탈스포츠? 절대 못함 여전히 야구 보고 여전히 에프원 보고 여전히 이스포츠 봄. 탈케이팝? 절대 못함 지금 다 더보X즈 하러 감. 탈케이팝 성공했대서 성공신화 들으러 가면 씨팝 하러 갔거나 제이팝 하러 갔음 진심 폐허임.

⟲ 1,973    ♡ 201

4장

낭만에

대하여

# 낭만에 대하여

## 알못이라도 당당하고 싶어

사람들이랑 이야기할 때 가장 무난하게 꺼내기 좋은 스몰토크 주제는 취미라고 생각한다. 적당히 그 사람을 파악할 수 있으면서 공통점을 찾아 친밀함을 쌓기 좋기 때문이다. 본인 취미: 야구 보기, 영화 감상, 음악 감상. 다른 사람들과 별다른 게 없다. 야구, 국민 스포츠고. 영화, 내가 마블보다는 DC를 좋아하긴 하지만 그래도 영화 보는 건 범국

171

민적 취미고. 이제 음악 얘기에서 장르가 좀 나온다. 쌍딸 씨는 어떤 음악 좋아하세요? 저는 일렉트로닉이랑 해외 힙합 잘 듣고요, 클래식도 좋아합니다. 그럼 이제 반응이 싸늘해진다. 클래식이요? 나는 그때 알았다. 하하. 내가 클래식이랑 뒤지게 안 어울리는구나.

주변 사람들은 나를 종종 낭만 같은 건 없이 사는 사람처럼 여긴다. 사실 어느 정도 맞는 것 같다. 밥? 그냥 배부르면 됨. 집? 천장 있고 바닥 있으면 됨. 커피? 그냥 시원하면 됨. 여행? 집 나가면 개고생임. 결정타. 야구 봄. 별로 따지는 것도 없고, 되는대로 살고, 고상하거나 특이한 취미도 없으니까 딱히 틀린 판단은 아니다. 근데 그렇다고 해서 클래식 좋아하면 안 되냐? 그런 법은 없다 이 말이야.


어렸을 때, 일어날 때쯤 되면 거실 전축에서 비발디의 사계가 흘러나왔다. 봄, 여름, 가을, 겨울 사계절 맞춰서. 맨날 디즈니의 〈판타지아Fantasia〉를 돌려봤다. 클래식 나오는 그거. 지금도 자기 전에는 라흐마니노프의 협주곡을 듣고, 출근할 때 좀 빡치면 베토벤의 교향곡을 듣는디. 클래식 듣다가 야구 응원가에 차용된 부분이 있으면 나도 모르게 응원가 흥얼거리다가 혼자 실실 쪼갠다. 드보르자크의 교향곡 9번, '신세계로부터'를 정말 좋아하는데. 그렇기는 한데. 솔직히 1악장 시작할 때 이종범 응원가를 어떻게 안 부를 수가 있겠습니까. 이종범 이종범 안~타 이종범~. 대한민국 사람은 세 종류로 나뉜다. '신세계로부터'를 듣고 어디서 들어본 클래식이라고 하는 사람과, 드보르자크의 교향곡이라고 하는 사람과, 이종범 응원가라고 하는 사람. 어라. 난 왜 두 군데에 속하지.

어느 날 야근하면서 림스키코르사코프의 음악을 배경 삼아 키보드 두들기고 있었는데, 옆자리 직원이 뭐 듣냐고 물어봤다. 림스키코르사코프 세에라자드 듣고 있어요. 그 대답을 들은 동료의 표정을 잊지 못한다. '뭐라카노 썹덕아' 그래서 그냥 클래식 듣는다고 대답하고 입 다물었다. 아, BTS 노래 듣는다고 할걸.

아무래도 평소 내 이미지가 클래식과는 잘 안 어울리는 것 같다. 클래식이라고 하면 떠오르는 어떤 예술과 교양의 집합체 같은 이미지가 있는데, 가만히 생각해 봐도 나랑 별로 매치가 안 된다. 교양? 아가리만 열면 비교양의 향연임. 예술? 미술이랑 음악 양·가 받음. 따지고 보면 살면서 딱히 예술을 좋아한다고 느낀 적이 없다. 대학교 1학년 때 미학과 관련된 교양 수업을 들은 적이 있는데, 그냥 이론적으로 그렇구나 싶었던 게 다였다. 기말 대체 리포트를 작살나게 비벼서 에이쁠은 받았지만.

아무튼 난 예술을 잘 모른다. 어렸을 때 미술 학원과 피아노 학원에 다닌 적이 있었다. 그땐 그런 학원들이 열풍이었다. 태권도, 합기도, 검도, 웅변, 주산, 바둑, 피아노, 미술… 90년대생들 이런 거 한 번씩 다 다녀보지 않음? 아니라면 죄송합니다. 아무튼 엄마는 하교 후 효율적인 자녀 관리를 위해 초등학교 정문까지 와서 버스로 실어다가 저녁쯤에 집에 드랍해 주는 학원에 나를 등원시켰다. 1층은 공부방, 2층은 태권도, 3층은 미술 학원, 4층은 피아노 학원인, 가히 교육의 바벨탑이라 부를 수 있는 곳이었다.

일단 3층의 미술 학원부터 나를 포기했다. 어머님, 쌍딸이가 원색을 참 좋아합니다. 색을 섞어 쓰지 않아요. 죽상으로 대충 스케치하고 얽어져 있다가 색칠하라고 하면 대충 팔레트에서 색을 골라다가 랜덤으로 채워 넣는 불성실한 원생에게 할 수 있는 가장 친절한 코멘트였다. 그리고 곧 4층의 피아노 학원이 나를 포기했다. 어머님, 쌍딸이는 반주와 멜로디를 따로 못 칩니다. 체르니로 못 들어가요. 멀뚱히 앉아 연습은 안 하고 맨날 구라로 포도 채우니까 느는 게 없지. 당연함.

대학교 때 꿀강으로 유명한 클래식 교양을 들은 적이 있었는데, 염병 나는 그거 씨쁠 나왔다. 수업 시간에 클래식 실컷 듣는 건 좋았지만 시험 기간에 외워야 할 내용이 너무 많았다. 그래서 그냥 시원하게 찍었더니 씨쁠을 받았다. 늦었지만 지금이라도 교수님께 내 마음을 전하고 싶다. 교수님, 씨쁠 주셔서 감사했습니다.


얼마 전에 피아노를 전공한 사람과 이야기를 나눌 기회가 있었다. 내가 시립교향악단 연주회를 보러 간다니까 클래식 좋아하냐고 묻길래, 머리 벅벅 긁으면서 잘 모른다고 대답했다. 난 피아노도 칠 줄 모르고, 악보도 볼 줄 모른다고. 그냥 아무것도 모르고 듣는 거라고. 그랬더니 그분께서 하시는 말씀이, 그게 더 좋은 거 아니냐고. 아무것도 모르고 마냥 좋아하는 게, 그게 낭만이지 뭐겠냐고. 그 말 듣고 밀려온 감동의 물결에서 헤어나오지 못한 채 아직도 표류 중이다.

종종 뭔가를 좋아할 때, 마치 자격이 필요하다는 생각이 들 때가 있다. 클래식을 들으려면 서양 음악의 전반적 이해와 용어에 대한 해박한 지식이 필요하고, 야구를 보려면 룰의 완벽한 이해가 동반되어야 하는 것처럼 느껴진다. 연예인을 좋아하려면 생년월일 및 사주팔자까지 알고 공기계를 공장마냥 갖다 놓고 음원 스트리밍이라도 해야 할 것처럼 느껴진다. 근데 애초에 '좋아한다'라는 건 비이성적인 행위이다. 근거가 필요한 행위가 아니다. 뭔가를 좋아하는 시간을 가진다는 건 현실에서 잠깐 떠나는 행위이다. 무언가를 좋아하는 데 필요한 건 자격도 부담도 그 무엇도 아니고 그냥 즐길 준비가 충분한 마음 하나뿐인 것이다. 그리고 결국 그게 인생에서 누릴 수 있는 낭만 아니겠냐고.

꽤 많은 취미를 즐기고 있음에도 불구하고 자극에 절여진 뇌가 새로운 걸 또 요구하셔서, 이번엔 좀 생산적인 취미를 가져보고자 얼마 전 코딩을 시작했다. 내가 생각해도 뜬금없는데, 계기는 정말 터무니없다. 그냥 유튜브에서 침착맨이 코딩 게임하는 거 보는데 재밌을 것 같았음. 그래서 지금 어디까지 왔냐면, 똥 피하기 게임을 만들 수준까지는 됐다. 개발하면서 밥 벌어 먹고사는 지인들한테 이런 얘기 하면 돌팔매질 당할까 봐 무섭기는 한데, 제법 재밌는 것 같다.

잘 알아야 좋아하나. 오히려 모르기 때문에 좋은 것도 있는 것 같다. 낭만을 만끽하는 데에는 자격이 없다. 하지만 유통기한은 있을 수 있다. 그러니까 좋아할 수 있을 때 마음껏 합시다. 그게 식을 때까지. 식으면 뭐든 맛없습니다.

# 내가 게임을 하고 싶어서 그랬겠어?

## 게임 안에 사람들이 있잖아

사실 잘하는 게 있냐고 물어보면 대답하기가 참 그렇다. 내가 이걸 정말 잘하는 게 맞나? 남들보다 뛰어나다고 말할 수 있나? 의심되기 때문이다. 하지만 자신 있게 말할 수 있는 게 하나 정도 있다. 나 타이핑 겁나 빠름. 정확도는 좀 떨어질지언정, 타수는 꽤 나온다. 한 800타 정도 치는 것 같다. 피나는 조기 교육을 통해 이루어낸 결과다. 조기 교육은

온라인으로 진행했다. 예, 게임 때문에 빨라진 거 맞습니다. 예예, 키배(키보드 배틀) 뜨다가 빨라졌다는 이야기 맞습니다.

어렸을 때부터 게임을 참 열심히 했다. 이미 게임을 위한 환경이 가정에 마련되어 있었다. 게임기는 종류별로 구비되어 있었고, 그 누구도 게임을 즐기는 나를 핍박하지 않았다. 심지어 할 거 없으면 게임이나 하고 놀라는 말을 들었다. 생일에는 문화상품권을 선물로 받았다. 거의 그 정도면 게임 장려 수준이다. 미취학 아동 시절부터 콘솔 게임, 온라인 게임, 모바일 게임 뭐 안 해본 게 없다. 시대도 잘 타고났다. 대한민국 명절 놀이 스타크래프트, 대한민국 최고의 더비 임요환·홍진호. 그 시대를 관통한 게 바로 내 학창 시절이었다.

앞에서 이야기한 대로(48p), 내 피시방 최장 기록은 21시간이다. 남들 다 학원 갈 때 나는 피시방에 출석했다. 방학이면 집에서는 RPGRole-Playing Game 게임을 켜놓고 피시방에서는 FPSFirst-person shooter 게임을 했다. 안 해본 게임도 없다. 약 2010년까지 출시된 모든 온라인 게임의 계정이 생성되어 있다고 봐도 무방하다.

게임 중독 의심까지 받았던 내가 게임을 그만두게 된 계기는 아주 당연하게도 입시였다. 고등학교 1학년, 첫 모의고사인 3월 모의고사를 치고 결과를 확인했을 때 누가 내 뒤통수를 풀 스윙으로 후려갈긴 것 같은 충격을 받았다. 성적표에 전교 등수도 같이 나왔는데, 태어나서 처음 보는 등수였다. 전교생이 한 500명 되니까, 10등 안에는 들 수 있으려나, 그런 생각을 했는데 약 세 배 곱한 값이 나왔다. 이거 성적표 바뀐 거 아님? (그렇)겠냐. 정확하게 내 이름 석 자가 박혀 있었다. 그래서 게임을 끊었다.

나는 자제력과 인내심, 끈기가 참 부족한 사람이다. 그건 태어났을 때부터 그랬다. 그래서 게임을 안 하기가 참 힘들었다. 지나가다가 피시방 간판만 봐도 가슴이 아려왔다. 거기 앉아서 먹는 사리곰탕 컵라면의 깊고 진한 맛이 자꾸 생각났다. 한 시간만 할까, 싶다가도 마음을 고쳐먹었다. 피시방에 발을 들이는 순간 상대성이론에 의해 내가 보낸 한 시간은 열 시간이 될 것이 자명했기 때문이다. 마음이 허하고 외로울 때마다 핸드폰으로 애니팡, 무한의 계단 같은 거나 좀 했다. 그래도 해소되지 않았다. 게임은 자고로 총과 칼이 있어야 하는 거 아니겠냐고. 기계식 키보드 소리가 나야 하는 거 아니겠냐고.

그래도 사람이라는 게 적응의 동물이라더니, 꼭두새벽에 학교 가고 오밤중에 집에 오는 삶을 반복하다 보니 좀 익숙해졌다. 이대로 평생 게임을 안 하고 사는 것도 어쩐지 가능할 것 같았다. 그러다 대학교 들어가서는 아예 게임이라는 걸 까먹었다. 남들 전부 다 롤할 때 나는 그냥 술을 먹거나 야구장에 가고 콘서트를 보러 갔다. 아, 이런 게 갓반인의 삶인가 싶었다. 물론 야구장과 콘서트에서 이미 갓반인 서류 전형 탈락인 거 압니다.

사실 다시 게이머가 될 만한 기회는 있었다. 오버워치가 발매되었을 때, 블리자드의 향수에 취한 내 또래들은 모두 오버워치에 접속했다. 물론 나도 총질하는 게임을 꽤나 좋아했기 때문에 날 잡고 피시방 가서 마우스 잡았다. 근데 결국 이틀 정도 하고 접었다. 게임 하다가 중딩과 싸웠기 때문이다. 그냥 싸운 것도 아니고 좀 치열하게 싸웠다. 열 받아서 열심히 키보드 두드리다가 어느 순간 현타가 왔다. 염병, 내가 지금 애랑 뭐 하고 있는 거지? 그래서 캐릭터는 화물 옆에 가만히 앉혀두고 나는 컵라면이나 좀 먹다가 게임을 종료했다. 그렇게 접었다. 중딩 친구, 누나인지 이모인지 모르겠는데 하여튼 정신 차리게 해줘서 고마워.

그렇게 정말 약 10년을 게임 같은 건 안 하고 살았다. 라고 글을 마무리하고 싶었으나, 대학교 때 게임에 한 번 돌아서 방학을 통으로 날려 먹은 적이 있네요. '스타듀밸리'라고 농사짓는 게임이 있는데, 그 게임에 미쳐서 농사가 끝나니까 내 방학도 날아가 있었다. 3개월을 사이버 농사짓느라 인생 농사를 말아먹었다. 현실에서 절대 하지 않을 일들을 다 해봤다. 전원 생활하기, 마을에서 제일가는 거부 되기, 이웃과 사이좋게 지내기, 결혼하기, 이혼하기. 원 없이 즐기고 다시는 플레이하지 않았다. 그다음 학기에 23학점을 들어야 했기 때문이다.

옛날에는 가끔 이스포츠 경기라도 보고 그랬는데, 직장 들어가고 나서부디는 그런 것도 안 봤다. 게임을 하기에는 내 체력이 부족하다고 생각했다. 퇴근하고 나서 모든 취미 생활을 몰아서 하는데, 그 시간 안에 게임을 끼워넣기에는 너무 빠듯했다. 그런데 최근 지인 소개로 어떤 게임을 시작하고 나서 알았다. 아하, 체력이 부족하면 지갑으로 메우면 되는구나. 어른 쌍딸은 또 하나를 배웠다.

병든 직장인인 내 입장에서는 시간을 쏟아부어야 하는 RPG 게임이 꽤 부담스러웠다. 유튜브에서 영상 뜨는 거 몇 개 봤는데, 로스트아크인지 뭔지 돌 깎다가(진짜 돌을 깎습니다. 돌을 세공합니다.) 사람들 미쳐버리는 거 보고 저런 게임 손도 안 대야지 했다. 그런데 바로 그 게임을 하던 지인이 그냥 심심풀이로 한번 해보기나 하라고 꼬시길래 휴일에 계정을 만들었고, 나는 계정을 만든 그날 하루 종일 컴퓨터 앞에 앉아 있었다. 꼭두새벽이 다 돼서 게임 끝 때 직감했다. X됐다.

RPG가 무서운 이유는 들인 시간만큼 강해진다는 점이다. 굳이 강해지고 싶지 않다면 상관이 없겠지만, 애초에 강해지고 싶지 않은 사람은 RPG를 선택하지 않는다는 점에서 문제가 발생한다. 난 강해지고 싶었다. 현실에서 안 된다면 온라인 세상에서라도 나와 자아를 일치시킨 이 캐릭터의 눈부신 성장을 이룩하고 싶었다.

발전한 그래픽, 무궁무진한 콘텐츠, 감동적인 스토리, 그리고 현질(유료아이템 구매) 요소까지. 정신 차리고 보니 메일함에 무슨 스팸마냥 결제 내역이 쇄도했다. 시간이 없다면 그걸 돈으로 사면 된다는 태도. 그 태도가 사람의 사고회로를 병들게 한다. 그리고 나는 행복한 병자가 되었다. 아무튼 행복하면 그만 아님? 2016년에 오버워치 접게 만들어줬던 중딩 친구야. 누나인지 이모인지 모르겠는데 안타깝게도 정신 다시 잃었다.

다시 게임을 시작한 딸내미를 보고 우리 집 여사님께서는 혀를 차셨다. 저거 게임 다시 시작했구나. 허리나 좀 펴라. 어머니, 제가 안 그래도 오래 앉아 있으면 허리가 좀 아파서 30만 원 주고 게이밍 의자를 샀습니다. 인생사 마음대로 되는 것 하나도 없다는데 그건 틀렸습니다. 이 의자의 등받이 각도는 마음대로 조절됩니다. 감동적입니다. 별점 5점 줬어요.

새삼 게임은 문화라는 것을 이번에 실감했다. 같은 게임

하는 사람들끼리 나눌 수 있는 이야기가 생기고, 게임 안에서도 사람을 만난다. 얼굴도 모르는 사람끼리 도움을 주고받는다. 누군가 따뜻하게 대해주면 차가운 키보드를 두들기면서도 인간이라는 종에 대한 신뢰를 회복한다. 또라이 질량 보존의 법칙에 따라 이상한 놈은 반드시 존재하지만, 그래도 말이야. 전체 채팅에서 떠돌이 상인 어디 있느냐고 물어보면 다 친절하게 위치까지 찍어서 알려준다고. 이게 바로 인간이야. 공자 당신은 틀리지 않았습니다. 근데 성선설은 안 믿어요. 수고.

아무튼 게임 시작하고 나서 사람들이 나보고 인생 재밌어 보인다고 그랬다. 마침 야구도 끝나 뇌를 매일매일 푹 절여줄 무언가가 필요한 시점이었다. 물론 나 먹고 입을 거 아껴서 게임에 쓰긴 하는데, 어쨌든 모니터 안에 있는 쟤도 나라고 생각하면 별로 크게 아깝지는 않다. 나만 나야? 아바타는 나 아니야? 나비족 됐다고 옷 안 입고 다닐 거야?


어찌 보면 게임 하는 것도 참 생산성 없는 일이다. 게임 열심히 하면 돈이 나오나 쌀이 나오나. 물론 게임 해서 쌀

사 먹는 사람도 있습니다. 난 안 함. 하지만 우리 인류는 생산성은 없으나 기쁨과 즐거움을 주는 모든 일을 낭만이라고 칭하기로 합의한 상태 아니냐고. 그럼 이것도 낭만이다. 저는 오늘도 낭만 이빠이 땡기러 가겠습니다. 레이드 가야 돼요. 저에게 낭만을 선물해주신 금강선 선생님(前 로스트아크 총괄 디렉터) 건강하세요. 그립습니다.

# Does it come in black?

## 주의: 자아의 뚜껑이
## 닫히기 전에 넣지 마십시오

내가 항상 하는 말이 있다. '자아 뚜껑 닫히기 전에 들어가는 것들에 유의해라.' 자아의 뚜껑이 닫히고 온전한 내가 만들어지기 전에 첨가한 모든 것들이 미래의 나를 만들기 때문이다. 내가 이 말을 하는 데에는, 애석하게도 정작 나는 유의하지 못했음에 그 까닭이 있다. 그래요, 맞아요. 전 자아 뚜껑 닫히기 전에 아무거나 막 집어넣었습니다. 그래서 야구도 집어넣었고요, 케이팝도 집어넣었습니다. 그래서 이런 인간이 되고야 말았습니다.

내 자아 뚜껑 닫히기 전에 들어간 또 다른 중요한 첨가물이 있다면, 영화 〈다크 나이트_The Dark Knight_〉다. 영화 하나 본 게 뭐 그렇게 대단한 일이냐 싶겠지만, 나도 이렇게 될 줄 몰랐다 이 말입니다. 누가 조실부모하고 악을 처단하기 위해 박쥐 코스프레하고 밤하늘을 날아다니는 불살주의 백만장자 히어로 이야기에 빠지겠냐고요. 근데 정말 최고의 영웅 서사 아님? 일단 전 그렇게 생각합니다.

진짜 구라 하나도 안 보태고 이 영화를 서른 번 넘게 봤다. 스크립트와 영화의 대사가 다른 부분도 꿰고 있다. 왜냐하면 영어가 너무 싫어서 영어 필요 없는 과를 선택한 내가 학창 시절에 그 영화의 원어 스크립트를 전자사전 끼고 읽었기 때문이다. 선생님들은 내가 야자 시간에 영어 공부하는 줄 알고 기특해했다. 선생님 죄송합니다. 선생님의 제자는 씹덕입니다.

그 배트맨을 동경하던 청소년이 자라서 뭐가 됐냐면, 히어로도 아니고 히어로의 사이드킥sidekick도 아니고, 빌런도 아니고, 그냥 직장인이 됐다. 야구 보고 포카 모으고 DC 신작 소식 들리면 흥행 걱정부터 하는 민간인이 됐다 이 말이다. 문제는, 그 민간인이 까만 옷만 입는다는 것에 있다.

다크 나이트 트릴로지 속 배트맨은 검은색에 환장한다. 〈배트맨 비긴즈Batman Begins〉를 보면, 배트맨은 자기 코스튬에 검은색 스프레이 칠을 하고, 배트모빌 타고 나서 이거 검은색도 되냐고 묻는다Does it come in black?. 그리고 그 검은색에 환장한 배트맨에 환장한 나도 검은색에 환장하게 됐다.

"옷장에 검은색 말고 다른 색 없어요?"

이런 말 진짜 많이 듣고 산다. 아 왜 없겠어요. 파란색 있죠. 삼성 유니폼. 그렇게 해명하려다가 그냥 "예, 없어요." 하고 주둥이 꾹 닫는다. 야구에 미친 사람보다는, 차라리 검은 옷만 입고 다니는 컨셉충으로 인지당하는 게 낫다고 판단했기 때문이다.

근데 정말 옷장에 검은색 아닌 게 몇 벌 없다. 색 들어간 옷이 있다면 그건 새파란 삼성 유니폼이거나, 딸내미의 우중충한 행색을 보다 못한 엄마의 성화에 못 이겨 산 옷이다. 매일 나의 인생에 조의를 표하는 것마냥 주구장창 검은색 옷만 입고 다닌다. 상의, 하의, 겉옷, 모자, 양말, 가방, 신발, 지갑, 핸드폰, 아이패드, 에어팟 케이스, 네일, 머리털, 그냥 검은색으로 존재할 수 있는 모든 것은 다 새카맣다고 보면 된다. 혹자는 '급하게 장례식 갈 일 있으면 바로 가도 되겠어요.'라며 내 행색을 극찬한 바 있다.

검은 바지도 스무 벌이 넘는데, 매번 다리 집어넣고 단추 잠그고 나서야 원래 입으려고 했던 바지와 다르다는 것을 인식한다. 핏이 좀 다르거든. 내가 입으려고 했던 건 세미부츠컷이었는데 이건 완전 스트레이트거든.

"야, 나 오늘 입으려고 했던 바지가 있었거든? 근데 입고 나니까 다른 바지더라. 다 까매서 구분을 못 한 거임. 존나 웃기지 않냐?"

그럼 친구들이 이렇게 대답한다.

"맨날 똑같은 바지 입고 다니는 거 아니었냐?"

그럴 때면 색만 같다고 똑같은 바지가 아니라는 걸 모르는 우매한 중생에게 해줄 말이 없어서 그냥 또 입 꾹 다물어야 한다. 나도 나름 T.P.O.에 맞는 검은 바지를 골라 입는다는 사실을 설명하기 싫어서 그냥 또 카페인 없는 차나 후루룩 마시는 것이다.

재밌는 점은, 내가 까만색에 환장하게 된 계기를 나조차도 몰랐다는 점이다. 내가 배트맨 좋아하는 거 아는 친구가 어느 날 '야, 너 배트맨 좋아해서 다 깜장으로 도배하고 다니냐?ㅋㅋ'라고 말했을 때, 그때야 깨달았다. 지난 인생이 주마등처럼 스쳐 지나갔다. 놀랍게도 그 영화를 보기 전까지 색깔 있는 옷을 꽤 입었다. 와, 심지어 노란색도 입었다. 그랬는데 주물에 쏟아진 자아가 천천히 굳어가고 제 모양을 갖추면서 마법처럼 옷장에서 색깔이 없어졌다. 정말로 나는 배트맨 때문에 이 모양 이 꼴이 됐다는 걸 거의 10년 만에 알게 된 것이다.

나는 아직도 잠이 안 오면 다크 나이트 트릴로지 틀어놓고, 쪼잔하게도 마블 영화 안 보고, 네 시간짜리 〈잭 스나이더의 저스티스 리그 Zack Snyder's Justice League〉를 돌려보며 영웅들의 행적에 눈물 훔치고, 영화 〈그린 랜턴 Green Lantern〉을 욕한다. 난 실제로 내 생일에 이 영화를 극장에서 봤다. 욕할 자격 충분하다고 생각함. (《그린 랜턴》은 무려 로튼 토마토 신선도 지수 26%, 메타크리틱 스코어 39점, 왓챠 평점 2.3점에 달하는 희대의 망작이다. 코믹스에서 꽤 인기 있는 히어로임에도 불구하고 이 영화로 인해 볼드모트가 되어 DC 유니버스 영화에도 출연하지 못했다.) 결과적으로 배트맨 같은 히어로는 되지 못했지만, 훌륭한 DC의 추종자는 되었다고 할 수 있겠다. 지금도 까만색 손톱으로 까만색 키보드 두들기고 있다. 아무리 생각해도 국가가 나서서 청소년기에 마빡에 '첨가물 주의' 스티커라도 붙여줘야 된다. 아니면… 이렇게 되어 버린다.

아무튼 이런 이유로 자아 뚜껑 닫히기 전에 들어가는 것들에 유의해야 된다는 것이다. 그 시기에 들어가는 것들을 저항 없이 사랑하게 되니까. 그래. 나는 엄마를 사랑하고, 친구들을 사랑하고, 야구를 사랑하고, 케이팝을 사랑하고, 배트맨을 사랑한다. 내 MBTI가 조커와 같다는 사실을 알았을 때 나는 내 MBTI도 사랑하게 됐다(본인 MBTI는 ENTP 입니다). 배트맨을 사랑하는데, 왜 조커도 좋아하냐고요? 저와 조커는 사랑을 표현하는 방식이 다른 것뿐입니다.

# 보고 또 보고

## 봤던 영화 또 보기 추진 위원회

사람들은 아마 내 취미가 야구 관람밖에 없다고 생각할 것 같은데, 아니다. 아닙니다. 아니에요. 지극히 대중적인 취미도 하나 가지고 있는데, 그게 무엇이냐. 바로 영화 보는 거다. 어디 가서 취미란 채워야 할 일이 생기면, 나는 그냥 '영화 및 음악 감상'이라고 존나 뻔뻔하게 평범한 갓반인인 척한다. 근데 거짓말은 아니다. 야구 본다고 말하지 않은 것

뿐이지 거짓말은 아니잖아요.

여태껏 본 영화를 따지면 한 600편 정도 되는 것 같다. 고 3 때부터 영화를 많이 보기 시작했는데, 쉬는 날마다 꼭 영화 한 편씩 보고, 어떨 때는 매일매일 한 편씩 보기도 하는 것치고는 생각보다 많은 영화를 보지 않았다. 이유는 터무니없다. 맨날 봤던 영화를 또 보기 때문이다.

가장 좋아하는 영화 〈다크 나이트〉는 서른 번을 넘게 봤고, 〈바쥐〉는 스무 번, 왕가위 감독의 영화들은 열 번을 넘게 봤다. 〈잭 스나이더의 저스티스 리그〉는 아직 여섯 번밖에 못 봤다. 왜냐면 영화가 네 시간짜리이기 때문이다. 그래도 영화 끝나갈 때마다 매번 아쉽다. DC 팬 특: 좀 잘 뽑힌 DC 영화에 늘 모든 것을 바칠 준비가 되어 있음.


내가 야구장에 가서 야구 직관하는 걸 별로 좋아하지 않는 것처럼, 영화관에 가서 영화 보는 것도 딱히 선호하지 않는다. 이유는 비슷하다. 집 밖으로 나가야 하고, 사람들이 우글우글 너무 많고, 가면 뭘 너무 많이 먹게 되고, 잘 안 보인다. 잘 안 보인다는 게 무슨 뜻이냐. 야구는 관중석에 앉아서 보면 슬라이드인지 포크인지 투수의 구종이 잘 안 보인다. 영화는 내 시야가 너무 좁아서 거대한 스크린의 영화관에서는 장면 전체가 한눈에 안 들어온다. 내가 생각해도 진짜 가지가지 함.

그래서 개봉한 지 오래된 영화들을 집에서 보거나, 새로 개봉한 영화라면 영화관에서 한 번 보고, 괜찮다 싶으면 나중에 집에서 또 본다. 영화를 다 보고 나면 인상 깊었던 장면들을 다시 찾아가 몇 번이고 되돌려본다. 그런 짓을 반복하니까 두 시간짜리 영화를 보는 데 다섯 시간이 넘게 걸리는 것이다.

이 진절머리 나는 복습의 기원을 찾으려면 미취학아동 시절로 거슬러 올라가야 한다. 우리 여사님은 아직도 날 보고 그런다. 너는 왜 맨날 봤던 걸 또 보냐. 어렸을 때는 좋아하는 만화 영화들을 비디오테이프가 닳도록 봤다. 테이프 얘기가 나와서 놀라신 분들께는 심심한 사과의 말씀을 드립니다. 내가 어릴 때는 비디오 대여점이 동네마다 하나씩 있었다. 예, 그런 시절이 있었어요. 거기서 영화를 빌려다가 보는 게 아주 어렸을 때부터 취미였는데, 항상 봤던 걸 보고 또 봤다.

〈인어공주〉, 〈백설공주〉, 〈뮬란 Mulan〉, 〈알라딘 Aladdin〉, 〈잠자는 숲속의 공주〉, 〈이집트의 왕자〉, 〈판타지아〉, 〈벅스라이프 A Bug's Life〉, 〈토이스토리 Toy Story〉, 〈원령공주〉, 〈아나스타샤 Anastasia〉 등. 비디오 대여점에 있는 모든 애니메이션 영화는 제작사 및 국적을 가리지 않고 다 본 것 같다. 오죽하면 비디오방 사장님이 그랬다. 너 이거 또 보니? 그렇게 재밌니? 네 재밌어요. 그리고 다음에 또 볼 거예요. 엄마가 비디오를 빌려와야 했을 때는 따로 묻지도 않고 내가 봤던 걸 우르르 골라와서 방바닥에 쏟아부었다. 이 중에서 보고 싶은 거 뽀라. 그럼 그걸 다 다시 봤나. 끈기 레전드.


얼마 전 인테리어 때문에 방을 한번 갈아엎었다. 벽지부터 가구까지 싹 다 바꿨다. 그러면서 있는 줄도 몰랐던 물건들이 여기저기서 막 튀어나왔다. 그중 비디오테이프가 정말 많았다. 내 재롱잔치 테이프, 어렸을 때 사줬던 〈텔레토비〉, 〈춤추는 젤라비〉, 〈꼬끼야 놀자〉 테이프, 〈뽀뽀뽀〉 녹화테이프, 그리고 〈헤라클레스 Hercules〉 비디오가 있었다. 이길 엄마가 사준 적이 있었나? 자세히 보니까 대여점 스티커가 붙어 있었다. 미친, 이게 얼마나 연체가 된 거야. 최소 20년 연체였다. 이제껏 살면서 나름 그럭저럭 지켜왔던 윤리의식이 벌벌 떨리기 시작했다.

놀란 나에게 우리 여사님께서 사건의 정황을 말씀해 주시기를, 그 비디오를 빌려오고 나서 그 대여점이 장사를 접었다고 했다. 연체는 한 이틀 됐을 텐데, 그 사이에 문을 닫았다고. 그래서 〈헤라클레스〉 테이프는 자기 집으로 돌아가지 못하고 내 방 서랍 가장 깊은 곳에서 발효의 과정을 거치다가 드디어 나오게 된 것이었다. 그래서 그걸 찾은 기념으로 또 봤다. 20년 넘어서 봐도 재밌더라.


내가 대단한 시각을 가지고 영화를 진지하게 분석하려는 것도 아니고, 다시 보는 영화들이 객관적으로 봤을 때 머리를 쥐어뜯도록 재밌는 것도 아니다. 〈다크 나이트〉 제외. 근데 다시 보는 이유는 간단하다. 스토리를 다 알고 있으니까. 예측이 가능하니까.

살다 보면 예측 가능한 게 몇 없다 싶다. 신호등 불 바뀌는 것 정도 말고는 예상이 맞아떨어지는 경우가 그리 많지 않다. 스포츠 경기를 종종 한 편의 영화라고 비유하는데, 예측을 불허한다는 면에서 그런 별명이 붙은 거 아니겠냐고. 물론 해피엔딩일지 새드엔딩일지도 예측할 수 없다는 게 X 같다. 원래 영화가 그렇다. 긴박감 넘치는 스토리에 내내 숨을 참다가 결말을 보고 나서야 숨을 크게 내쉴 수 있다.

근데 봤던 영화를 다시 보면 그 긴박감은 즐기면서도, 예측 불가한 전개에 충격받을 일은 없다 이거야. 도대체 어떻게 흘러가는 건지 모를 하루를 버티고, 내가 가장 좋아하는 영화를 보면서 편안함을 느낀다. 인간은 원래 예측 가능한 것에서 안정감을 느낀다고 한다. 예측할 수 없는 삶을 담은 영화에서 안정감을 느낀다는 게 좀 아이러니하긴 해도, 나는 그게 편안하고 즐겁다. 아직 안 해보셨다면 한번 해보세요. 봤던 영화 또 보기 추진 위원회에서 영화 복습을 강력 추천합니다.

**쌍딸**
@sospinyourlife

⋯

저는 제 인생의 바깥의 것들로 제 삶의 태도를 만들지 않는 편이라서… 그냥 언제나 같은 태도로 삽니다. 몰라ㅅㅂ아좌좌! 대충 이런 거요.

> **Q.**
>
> 인생을 재밌게 사는 방법은 뭐가 있을까요? 제가 본 사람 중 가장 인생을 유쾌하게 사시는 것 같아서 질문 드립니다. 야구 이런 거 말고요.

💬　　⟲ 704　　♡ 224　　↥

# 충격, 기괴, 공포, 실화!
# 냄새가 없는 사람이 있다!?

## 없으면 뿌리면 됨

제목으로 어그로 끌어서 미안합니다. 그렇지만 나는 냄새가 없다. 체취가 없다는 말이다. 정말 아예 없는 건 아니겠지만, 내 냄새를 맡아본 사람은 한 명도 없다. 내가 무슨 엘프나 요정이라서 냄새가 없는 건 아닐 텐데, 사람 각각에게서 나는 고유의 냄새라 부를 만한 것이 없다는 건 정말 기괴하기 짝이 없는 일이다.

나는 개코다. 교실이 5층에 있어도 올라오는 냄새만 맡고 오늘의 급식이 무엇인지 알 수 있었다. 복도에 남은 냄새를 맡고 어떤 친구가 지나갔는지 알 수 있었다. 일찍 잠든 다음 날, 아침에 거실에서 나는 냄새를 맡고도 엄마가 어제 저녁으로 무엇을 먹었는지 알 수 있었다.

어렸을 때 친구 집에 가면 나는 특유의 냄새가 있었다. 그게 친구한테도 똑같이 나는 것이 너무 신기했다. 그래서 초등학생 쌍딸은 집에 친구를 데려와서 물었다. 우리 집에서도 내 냄새가 나? 친구는 대답했다. 아니, 아무 냄새도 안 나는데. 그 후로 데려온 친구들만 열 손가락을 가뿐히 넘기고 발가락까지 동원해야 함에도 불구하고, 모두 하나같이 우리 집과 나한테는 냄새가 없다고 했다. 냄새를 그렇게 잘 맡는데 정작 그 개코에게서는 냄새가 안 난다니. 모순도 이런 모순이 없다.

사실을 알게 된 어린 시절의 나는 큰 충격에서 헤어나오지 못했다. 어떻게 사람한테서 냄새가 안 날 수 있지? 뭐 잘못된 거 아니야? 그리고 때마침 읽은 파트리크 쥐스킨트의 《향수》는 나에게 큰 위로를 주었다. 어떤 위로였냐 하면. 비록 가상의 인물이지만 나 말고도 냄새가 없는 사람이 있다는 것. 그리고 냄새가 없다면 향수를 뿌리면 된다는 것.

나는 그 후로부터 그르누이가 되었다. 사람 짜내서 향수 만들었다는 이야기가 아닙니다. 저는 그렇게까지 비인륜적인 행위에 흥미를 갖고 있지 않습니다. 그렇게까지는 안 했고, 그냥 향이 나는 모든 것에 관심을 갖고 집착하기 시작했다. 이것도 딱히 정상적인 것 같지는 않지만, 비인륜적이지는 않으니까요. 버스에 타는 사람에게서 좋은 향기가 나면 그걸 기억했다가 온갖 향수를 시향하며 기어코 그 향을 찾아냈다. 시중에 있는 모든 향수를 시향하기 위해 백화점을 들락날락했다. 대구에 없는 향수 시향 한 번 히려고 서울까지 갔다 왔다. 나한테 냄새가 없다면 나게 하면 된다. 오직 그 생각 하나만으로. 다시 생각해 봐도 내 스스로가 조금 징그럽다.

원래 돈을 벌기 시작하면 사람 취향이 더 적나라하게 드러나는 법이다. 취업해서 첫 월급 받자마자 한 일은, 갖고 싶었던 향수를 일시불로 긁는 것이었다. 30만 원짜리 지갑을 살 때는 손이 벌벌 떨렸는데, 30만 원짜리 향수를 살 때는 1분이라도 빨리 가고 싶어서 집에서 엎어지면 코 닿을 데 있는 신세계 백화점까지 택시를 탔다. 얼마 전에는 향수 공방 다니는 취미도 하나 만들었다. 조향사 선생님께서 내가 향조 조합한 거 보시더니 칭찬을 막 해주셨다. 어떻게 이렇게 잘 어울리는 향들을 조합하셨어요? 그야 제가 마약 탐지견마냥 온갖 향수를 너무 많이 맡고 다녀서 그렇습니다.

좋아하는 향은 아주 뚜렷하다. 단 거, 상큼한 거, 꽃 냄새 나는 거. 그걸 다 빼면 된다. 특히 나무 냄새를 아주 좋아한다. 고급스럽게는 우디 향이라고 하더라고요. 이 각박한 회색 도시 속에서 나만이 은은하게 느끼는 자연의 향기가 아름다워서 우디 향에 빠지게 되었습니다. 그런 스토리는 없다. 원래는 그냥 되는 대로 아무거나 다 뿌려봤다. 근데 어느 날 나가기 전에 향수 뿌리고 거울 보다가 깨달았다. 아하 내가 맡기 좋은 향이 나와 잘 어울리는 건 아니구나. 나한테서 꽃 냄새가 나는 건 좀…. 그래서 향수를 아주 많이 맡아봤고, 아주 많이 사봤다. 그 결과 나도 좋고, 남들도 막 칭찬하여 돈 쓴 보람이 있는 향수는 대강 '나무 냄새 나는 것'으로 좁혀지게 되었다.

나는 늘 향수로 샤워를 하고 외출한다. 샤워라는 말 외에 다른 단어로 형용이 불가하다. 머리부터 발끝까지 전부 향수를 뒤집어쓰고 나가는데, 조금 있으면 그게 전부 날아간다. 친구들이 맨날 놀린다. 야, 냄새 없는 사람한테서는 향수도 도망가네. 그래서 향수 공병에 소분도 해서 다닌다. 향 날아갈 때쯤 꼬박꼬박 뿌림. 용기, 패기, 객기, 향기 가득하게 살아가려면 이 정도는 해야 된다.

현재 내 방에는 디퓨저 두 개, 석고 방향제 세 개, 대형 캔들 한 개, 필로우 미스드 한 개, 바디 미스트 세 개, 퍼퓸 핸드크림 세 개, 향수 열두 개가 자리하고 있다. 우리 여사님은 나보고 냄새 맡는 것에 미쳤다고, 니가 무슨 개냐고 그랬다. 그런데 여기서 무서운 점이 있다면, 아직도 뚜렷한 향이 나지 않는다는 것이다. 나한테서 안 나는 건 그렇다 치고, 왜 방에서도 아무 냄새가 안 남?

하여튼 인간은 자신에게 없는 걸 욕망하도록 설계된 것 같다. 누군가에게는 그게 돈이고, 명예이고, 누군가에게는 그게 향기일 수도 있다. 그래도 욕망이라는 것은 삶의 원동력이 된다. 내가 나에게 딱 들러붙는 냄새를 찾기 위해 떠난 여정을 10년 넘게 이어오고 있는 것처럼. 나에게 없는 것을 가지기 위해서 갈망하는 삶. 아무도 욕할 사람 없습니다. 법의 테두리 안에서 마음껏 욕망해 보십시오.

# 별거 없어서 죄송합니다

저도 이렇게 될 줄 몰랐습니다.

정말 이 말밖에 할 말이 없습니다. 첫 번째 책에 이어 두 번째 책에서도 기어코 이 말을 하게 되었습니다. 두 번째 책? 제가 말해놓고도 너무 이상하고 낯설어 아직도 살짝 낯을 가리는 중입니다.

우선 다른 것들은 다 제쳐두고, 이 책을 펼쳐주신 모든 분께 감사의 말씀을 먼저 드려야 할 것 같습니다. 진심으로 감사합니다. 객관적으로 생각해 봤을 때, 저는 딱히 인품이 훌륭한 사람도 아니고, 특출나게 재밌는 사람도 아니고, 세간의 이목을 집중시킬 만한 업적을 이룬 사람도 아닙니다. 그래서 책을 쓸 때 참 많은 고민을 했습니다. 내 책을 읽어줄 사람들에게 당당하게 선보일 만한 이야기를 담아야 할 것 같은데, 저에게는 그런 게 없는 것 같아서 참 힘들었습니다.

여러분은 어떤 삶을 살고 계신가요? 뜬금없이 이런 질문을 드려서 죄송합니다. 저는 이 질문을 스스로 수백 번도 넘게 했습니다. 책을 써야 했기 때문입니다. 하지만 제가 어떤 삶을 살고 있는지 몰라서 머리털만 쥐어뜯었습니다. 겁 없이 덜컥 두 번째 출간 제의를 받아들였지만, 키보드에 손을 올린 채 그저 하얗기만 한 순백의 한글 파일과 눈싸움만 하다가 침대에 드러눕기 일쑤였습니다.

정말 아무리 생각해도 제 인생은 별거 없었습니다. 특출나게 훌륭하지도, 독특하지도 않은 삶입니다. 그래서 결국에는 그런 이야기들만 가득 썼습니다. 제 삶이 별거 없기 때문에, 아마 이 책에 실린 이야기들도 별거 없을 겁니다.

저는 사람 사는 거 다 똑같다는 말에 동의하는 편입니다. 물론 사람마다 제각기 전부 다른 삶을 살고 있습니다. 어느 누구도 타인과 같은 모양, 같은 색깔의 삶을 살지는 않습니다. 나만의 행복, 나만의 웃음, 나만의 눈물, 나만의 우울, 나만의 절망, 나만의 낭만, 나만의 희열… 오직 나만이 가질 수 있는 그런 것들을 하나하나 담아가며 삽니다. 하지만 저는 그것들의 크기는 다르지 않다고 생각합니다. 그걸 담을 수 있는 인생이라는 그릇의 크기 자체는 다 같다고 여기기 때문입니다.

지금, 이 순간에도 이 땅 위에서 살아 숨 쉬는 모든 사람의 삶이 새롭게 업데이트되고 있을 겁니다. 누군가는 박수 한 번 치는 시간 동안 스포츠카를 살 수 있는 돈을 벌고 있을지도 모릅니다. 하지만 통장에 찍히는 돈은 다를지언정, 삶의 크기는 다르지 않습니다. 5성급 호텔에서 윤기 좌르르 흐르는 한우 스테이크 써는 사람의 기쁨과 집구석에서 꼬들꼬들하게 잘 끓여진 안성탕면 한 젓가락 하는 제 기쁨이 본질적으로는 크게 다르지 않다는 것입니다.

다시 한번 같은 질문을 드려보고 싶습니다. 여러분은 어떤 삶을 살고 계신가요? 아마 별거 없을 겁니다. 사람 사는 거 다 똑같고, 거기서 거기고, 별거 없습니다. 하지만 제가 저의 이야기를 쓰면서 깨달은 게 있다면, 별거 없더라도 특별하지 않은 건 아니라는 사실입니다. 이건 '어떻게'보다는 '누가'가 더 중요한 문제 유형에 해당합니다. 굳이 어떤 인생을 살아야지만 누가 훌륭하다고 도장 찍어주는 것은 아닙니다. 세상을 구하지 않아도, 어마어마한 돈을 벌지 않아도, 세기의 사랑을 하지 않아도. 나 자신이 나의 인생을 산다는 것. 그것만으로도 이미 충분히 특별합니다.

다른 사람들 보기에 귀한 건 나한테도 귀합니다. 하지만 다른 사람들 보기에 평범한 것이 나만 아는 의미를 지닐 때, 그건 정말 특별해집니다. 누군가에게는 스쳐 지나가는 행인1에 불과할 아줌마가 저에게는 세상에서 가장 소중한 엄마입니다. 누군가에게 흔히 볼 수 있는 오래된 건물 3층에는 세상에서 가장 편안한 저의 집이 있습니다. 각자의 삶이 다 그렇다고 생각합니다. 다 평범한 인생을 삽니다. 하지만 제 인생에는 저만 아는 의미가 있고, 여러분의 인생에는 여러분만 아는 의미가 있을 것입니다.


　예, 맞습니다. 변명입니다. 이 사람의 이야기는 얼마나 흥미로울까, 기대했던 분들께 드리는 변명입니다. 재미없다고 욕하실까 봐 걱정돼서 마지막에 엄살을 좀 부리는 중입니다. 어쩌겠습니까. 사람 사는 게 다 똑같고, 사람 사는 게 다 거기서 거기다 보니 뾰족한 수가 없었습니다.

　하지만 이 책에는 저에게 특별한 의미를 가진 것들이 가득합니다. 그래서 이걸 핑계로 저만의 의미들에게 감사를 좀 표해야겠습니다. 또 책 낸다니까 누구보다 좋아하던 우리 여사님. 저번에 금반지 하나 해드렸다고 또 기대하시는 거 아니죠? 농담입니다. 사실 아닙니다. 맨날 이상한 이야기만 하는데도 희한하게 우정이 유지되는 친구들. 나만 머저리같이 사는 게 아니라는 걸 곁에서 늘 증명해 줘서 고마워요. 덕분에 외롭지 않아요. 끝없는 항해를 하는 나의 아기 해적분들. 진심으로 응원하고 지지하고 연대합니다. 특히 항상 낭만을 찾는 어떤 고양이에게 큰 사랑을 전하고 싶습니다. 우리 배는 편도로만 가. 마지막으로 국내 최고 석폐 야구단 삼성 라이온즈 여러분. 제가 책을 내는 사람이 된 것은 다 님들 덕분입니다. 정말 고맙고요, 저 책 안 내도 되니까 야구나 좀 잘해보세요. 소원입니다.

　마지막의 마지막으로 이 글을 읽고 계신 여러분들께 다시 한번 무한한 감사를 표합니다. 저의 이야기를 해드릴 수 있게 되어 영광입니다. 아마 읽으면서 웃음을 터뜨릴 수도, 시시하다며 혀를 찰 수도 있을 것입니다. 하지만 결국 거기서 거기인 사람 사는 이야기에서 어쩌면 여러분의 인생을 만날 수 있을지도 모르는 일입니다. 이 책에 여러분의 인생이 담겨 있기를 그리고 여러분의 인생이 그 어떤 누구의 것보다 특별해지기를 기원합니다. 항상 건강하고 행복하십시오!

2023년 2월
**쌍딸**

# 우리 인생
# 정상 영업합니다

1판 1쇄 **인쇄** 2023년 3월 15일
1판 1쇄 **발행** 2023년 3월 31일

**지은이** 쌍딸

**발행인** 양원석 **편집장** 박나미 **책임편집** 이수빈
**디자인** 정세하, 김미선 **영업마케팅** 조아라, 이지원, 박윤하, 정다은

**펴낸 곳** ㈜알에이치코리아
**주소** 서울시 금천구 가산디지털2로 53, 20층 (가산동, 한라시그마밸리)
**편집문의** 02-6443-8867 **도서문의** 02-6443-8800
**홈페이지** http://rhk.co.kr
**등록** 2004년 1월 15일 제2-3726호

ISBN 978-89-255-7682-4 (03810)